Ingrid Lipowsky

# Himmlische Wegbegleitung

## Yaspers Seminare zum Vorlesen, Nachlesen und Nachdenken

**Herausgeberin (Bestellungen bitte an diese Adresse):**

**Ingrid Lipowsky**
**Aberthamer Straße 1**
**89331 Burgau**
**Deutschland**
**Tel./Fax 0049/(0)8222/2464**
**www.engelundsteine.de**
**mail: info@engelundsteine.de**

**ISBN 978-3-00-053639-7**

1. Auflage, 2016



Lektorat: Katrin Lipowsky-Mader, M.A.
Umschlaggestaltung: Ingrid Lipowsky unter Verwendung von Fotos von Erika Ransburg (mehr davon unter www.orbs.at)
Fotos und Zeichnungen: siehe Bildnachweis auf Seite 203
Satz: Ingrid Lipowsky
Gesetzt aus der Garamond
Druck: Deni Druck und Verlags GmbH,
D 86467 Thannhausen
Gedruckt in Deutschland

Herzlichen Dank allen, die mitgewirkt haben.

# Inhalt

## Vorwort von Ingrid

Als mich im Jahre 1995 eine sehr deutliche, unüberhörbare und liebevolle innere Stimme immer wieder aufforderte, einen Stift zu nehmen und zu schreiben, ängstigte mich das sehr. Es war einfach nicht ‚normal'! Auf den Mut machenden Hinweis meines Mannes, es doch einfach einmal darauf ankommen zu lassen, um zu sehen, was ich denn schreiben solle, wagte ich es. So entstand die erste Botschaft Yaspers, der sich selbst einen ‚Liebesgedanken Gottes' nennt.

Damals wusste ich nicht, was daraus erwachsen würde: Bücher, die Tausende Menschen berühren, Seminare im gesamten deutschsprachigen Raum, das Kennenlernen vieler Gleichgesinnter, die den Weg der Liebe und des Vertrauens gehen.

Doch bevor es soweit war, bewies Yasper eine sprichwörtliche Engelsgeduld! Schließlich sollte aus mir, einer total verkopften und gestressten Frau, die zudem noch unter Neurosen wie Putz- und Kontrollzwängen litt, ein gebrauchsfähiger ‚Bleistift' geformt werden.

‚Mit uns Engeln zu sprechen ist so einfach wie das Telefonieren. Ihr braucht nur den Hörer abzunehmen – und zuzuhören.' Dies war einer der ersten Sätze, die er mir diktierte. Passend dazu schenkte er mir über unsere Tochter Katrin ein – in ihren Augen missglücktes – Vollmondfoto, das einen leuchtenden Telefonhörer zeigte:

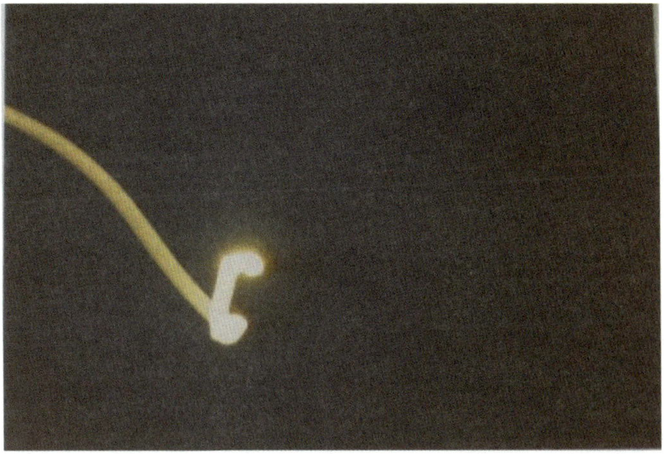

Aber ist es wirklich so einfach? Ja – und Nein. Denn nicht der Himmel stellt Bedingungen, die der Mensch zu erfüllen hat, um Kontakt aufzunehmen und die innere Stimme zu hören. Käme es *dir* etwa in den Sinn, ein für dich wichtiges Gespräch mit einem lieben Menschen von Bedingungen abhängig zu machen, die der andere zu erfüllen hätte? „Ich rufe ihn nur an, wenn er heute schon geduscht und sich die Haare schön frisiert hat, festlich gekleidet ist – und mich jetzt, neben dem Telefon stehend, innerlich um meinen Anruf bittet!"

Ich bin gewiss, du lächelst über diese Vorstellung. Doch genau so denken viele Menschen, wenn es um den Kontakt zur geistigen Welt geht. Sie sind davon überzeugt, bestimmte Bedingungen erfüllen – und vor allen Dingen: die Engel bitten zu *müssen*! Engel sind Liebesgedanken Gottes, die Er unablässig zu uns sendet und die Ihn direkt mit uns verbinden, ja: die Gott direkt mit sich selbst verbinden! Denn in Wahrheit führt Er beständig ‚Selbstgespräche', ist

Er doch ALLES WAS IST. *Wir* sind es, die sich getrennt fühlen, weshalb wir Seine Liebesgedanken auch in der Du-Form wahrnehmen.

Yaspers Auftrag besteht darin, uns aus der Illusion des Getrenntseins in die Realität des Einssein zu führen. Ich übersetzte damals: ‚Nimm einen Stift und schreibe', als würde ein Vorgesetzter mich zum Diktat rufen. Heute habe ich die Gewissheit, dass der Liebesgedanke Gottes damals lautete: ‚Ich nehme einen Stift und schreibe.'

Um in diese Gewissheit zu gelangen, bedurfte es fünf anspruchsvoller Übungen, die Yasper mir nach und nach vorlegte – und die mich, solange ich lebe, fordern werden. Durch die erste Lektion erkannte ich, dass von meiner Seite aus eine Grundvoraussetzung zu erfüllen war: Ich konnte das Anläuten des himmlischen Telefons nur dann wahrnehmen, wenn ich mich in dem Raum befand, in dem es klingelte! Damals waren Mobiltelefone noch die große Ausnahme und ich selbst besaß ein fest angeschlossenes Modell, das in einem bestimmten Raum installiert war.

So lautete Yaspers erste Übung: ‚**Sei ganz *hier und jetzt*, mit all deinen Sinnen, denn nur im Raum der Gegenwart ist es dir möglich, mit mir zu kommunizieren. Nur im Raum der Gegenwart kannst du Gott begegnen.'**

Ist nicht unser Verstand beständig damit beschäftigt, sich Gedanken über die Vergangenheit oder die Zukunft zu machen? Und sind nicht beide Räume Illusionen, die von heilungswürdigen Energien besetzt sind? Im Raum der Vergangenheit hat sich die Schuld breit gemacht, und im Raum der Zukunft hausen Angst und Wünsche. Doch nur im einzig realen Raum, in der Gegenwart, kann ich *re*-agieren, BIN ICH. Dies erfordert ständige Gedankenkontrolle, völlige Aufmerksamkeit mit allen Sinnen für den Augenblick jetzt … und jetzt … und jetzt …

Da Yasper meine Bemühungen sah und anerkannte, begann er mit der zweiten Übung, die mir auf Anhieb gefiel: **‚Lass jedes Muss los, denn du *musst* gar nichts! Tue das, was du für dich als richtig und wichtig erkannt hast, mit deiner ganzen Aufmerksamkeit und Liebe. Und trage für das, was du nicht tust, weil es für dich nicht richtig und nicht wichtig ist, die Konsequenz.‘**

Er machte mir erst richtig bewusst, wie oft ich die Worte ‚Ich muss‘ und ‚Ich muss noch schnell‘ dachte und aussprach. Zum besseren Erkennen erteilte er mir den Auftrag, einen ganzen Tag lang für jedes gedachte oder gesprochene ‚Ich muss‘ einen Strich mit einem Kugelschreiber auf meinen Handrücken zu machen, für jedes ‚noch schnell‘ sogar zwei Striche. Abends dann, nachdem ich die vielen Zeichen zusammengezählt hatte, durfte ich auf sein Geheiß hin die errechnete Anzahl mit fünf multiplizieren! ‚Dies ist die Last in Kilogramm, die du dir im Laufe dieses einen Tages auf deine Schultern aufgeladen hast‘, war seine Erklärung, die mir sehr zu denken gab. Jetzt erkannte ich den Grund für meine Nackenverspannung und Rückenschmerzen.

„Aber es gibt doch Dinge, die ich tun *muss*!“, rechtfertigte ich mich. Seine Antwort lautete: ‚Hinterfrage sie – und wenn sie dir wichtig sind, tue sie einfach. Du *musst* nicht kochen oder bügeln. Wenn es dir wichtig ist, dass täglich ein frisches, gesundes Essen auf dem Tisch steht, dann ko-

che. Wenn es dir wichtig ist, dass dein Mann mit gebügeltem Hemd zur Arbeit geht, dann bügle. Doch du *musst* es nicht. Es fällt kein Stern vom Himmel und die Erde hört nicht auf, sich zu drehen, nur weil du nicht kochst oder bügelst. In diesem Fall übernimm die Konsequenz für das Vorsetzen ungesunden Essens oder zerknitterter Kleidung.'
Das war deutlich! Und ich begann, bewusst Verantwortung *für mich und mein Handeln* zu übernehmen. Schnell erkannte ich, welcher Druck alleine durch meine geänderte innere Einstellung von mir abfiel.

Die dritte Übung folgte: **‚Lass jedes ‚Ich will' los, jeden Wunsch, jede Erwartung.'**

Ich widersprach vehement: ‚Aber es ist doch gut, Wünsche und Ziele zu haben! Sie treiben mich an, vorwärts zu gehen!'

Seine Erklärung dazu lautete: ‚Was ist denn ein Wunsch in Wirklichkeit? Du wünschst dir etwas, was du jetzt nicht besitzt, von dem du aber glaubst, es mache dich glücklicher, wenn du es hättest. Mache dir bewusst, dass die Mutter eines Wunsches die Unzufriedenheit mit der Gegenwart ist, ein Mangeldenken, das im tiefsten Grund ein Misstrauen in Gott ist! Gott weiß genau, was du für dein Seelenwachstum brauchst, und Er gibt es dir, zur rechten Zeit!'

So hatte ich das Ganze noch gar nicht betrachtet. Er hatte Recht! Denn der Zufriedene und Dankbare richtet seinen Fokus auf das, was er hat, *jetzt*, in diesem Augenblick. So ist die Dankbarkeit ein Schlüssel zur Gegenwart – und zum Reich Gottes.

Ich war meinem inneren Himmel schon viel näher gekommen, als Yasper mir die vierte Übung vorlegte: **‚Erset-**

**ze Angst durch Vertrauen! Angst ist ebenso Misstrauen in Gott wie es die Wünsche sind!'**

Bei näherem Betrachten gab ich ihm Recht. Wenn ich mich wirklich als Teil Gottes erkenne, aus Ihm selbst heraus erschaffen, untrennbar eins mit Ihm, wo bleibt da noch Raum für Angst? Wie könnte sich Gott selbst je einen Schaden zufügen? War und ist nicht der Umstand, dass ich lebe, dass ICH BIN, der Beweis, dass Gott für mich sorgt und mein Weg gesegnet ist?

Die letzte Übung fiel mir – und fällt mir auch heute noch – besonders schwer: **,Lass jedes Bewerten, jedes Verurteilen los. Werde vom Richter des Lebens zum Verteidiger der Liebe. Nur so folgst du Jesus nach.'**

Verliere ich nicht jedes Mal die göttliche Sicht, sobald ich bewerte, sobald ich einteile in Gut und Böse? Und wie schnell sind wir bereit, andere Menschen für ihr Verhalten zu verurteilen! Kennen wir denn ihre Beweggründe? Haben wir denn die Sicht aus der ,Goldenen Mitte', die Sicht Gottes, der in jedem Seiner Töchter, Seiner Söhne das Kind sieht? Yasper fragte mich einmal, als ich wieder ins Bewerten gefallen war: ,Wie nennst du einen Menschen, der sich auf Kosten anderer ein bequemes Leben macht, den ganzen Tag nur untätig im Bett liegt und schreit, wenn er Bedürfnisse hat? Der die Menschen, die ihn lieben und versorgen, auch nachts nicht zur Ruhe kommen lässt – und sich nicht einmal scheut, ins Bett zu machen?'

Mein Verstand war schnell mit seiner Bewertung: ,Schmarotzer', doch Yaspers Antwort beschämte mich: ,Ich nenne diesen Menschen aufgrund seiner Entwicklung *Säugling* ...'

Wenn es uns gelänge, in jedem erwachsenen Menschen, der sich nicht so verhält, wie wir es von ihm erwarten, den *seelischen Säugling* zu sehen, den Gott in ihm sieht, könnten wir all das vorschnelle Verurteilen, all das oft erst nach langer Zeit mögliche Verzeihen eintauschen gegen Verständnis. Das bedeutet nicht, alles, was in der Welt geschieht, gutzuheißen. Es bedeutet vielmehr, es überhaupt nicht zu bewerten, in der Erkenntnis, dass der menschliche Verstand zu klein und zu begrenzt ist, um *hinter* das Vordergründige und *unter* das Oberflächliche zu blicken. Dies vermag nur Gott in Seiner allumfassenden Vorsehung. Er ist der wahre Richter, der Heilung und Vollendung vollbringt. Richter nicht im Sinne von Verurteilen, sondern im Sinne von: ‚Der Papa wird's schon richten!'

Durch das Einlassen auf diese fünf Übungen, die das Leben/die Liebe/Gott uns täglich vorlegt, vermag es zu gelingen, eine höhere Schwingung zu erreichen und das beständige ‚Anläuten' der Liebesgedanken Gottes, die wir *Engel* nennen, wahrzunehmen.

So zeigt Yasper mir, und durch mich vielen Menschen, den Weg zum inneren Himmelreich, denn: Der Himmel ist nicht irgendwo dort oben im All, der Himmel ist in uns – und überall.

In den vergangenen Jahren durfte ich zusammen mit Yasper viele Seminare halten, in denen die Wichtigkeit der fünf Übungen besprochen wird. Dieses Buch entstand, um auch den Menschen, die nicht persönlich dabei sein konnten und können, die Möglichkeit zu geben, seine in die Praxis umsetzbaren Erklärungen zu hören. Dies gilt auch für die Zeit, in der ich selbst seine Worte nicht mehr weitergeben kann. Sie sind zu kostbar, um sie in Vergessenheit geraten zu lassen.

Da die einzelnen Themen in sich abgeschlossen sind, kommt es vor, dass sich Erläuterungen und innere Bilder zum Teil wiederholen.

So gebe ich nun Yasper das Wort, dem Liebesgedanken Gottes, von Ihm zur rechten Zeit zu uns gesandt, um uns zu erinnern …

## Einleitende Worte von Yasper

Bevor ich beginne, dich an die Liebe und das Vertrauen Gottes zu erinnern, übergebe ich dir in Seinem Auftrag ein erstes Geschenk. Das erste von vielen, die du in diesem Buch finden wirst. Verpackt sind sie in verschiedenen Themen und in unzähligen Bildern. Nicht nur in den abgedruckten Darstellungen, auch in dir selbst werden beim Lesen Bilder entstehen.

Wenn du in der Zeit, in der du jetzt lebst, Menschen fragst, wonach sie sich am meisten sehnen, werden viele von ihnen antworten: „Nach Frieden." Sie meinen damit in erster Linie äußeren Frieden, haben sie doch noch nicht erkannt, dass die Voraussetzung dafür ihr innerer Friede ist. Und den kann ein Mensch sich nur selbst schenken.

Ich präzisiere: An den Frieden in dir brauchst du dich nur zu erinnern, denn du hast ihn in dieses Leben mitgebracht. Bestimmt weißt du, mit welchem Tier der Friede weltweit in Verbindung gebracht wird. Ja, du hast Recht: Mit einer weißen Taube! Schon in eurer Bibel wird sie als Friedenszeichen genannt. Sie war es, die nach dem Ende der großen Flut mit dem frischen Blatt eines Ölbaumes zu Noach zurückkehrte.[1]

Eine weiße Friedenstaube ist auch das Geschenk, das ich, hier und jetzt, in *deine* geöffneten Hände setze:

---

[1] Vgl. Gen 8,9-12.

Schließe deine Augen und erspüre sie: Ihre Wärme, ihre Sanftheit, ihren Herzschlag …

Sie ist dir nicht fremd, du hast sie in dein Dasein mitgebracht, sie verkörpert *deinen* inneren Frieden. Ist es nicht so, dass du immer, wenn du eine weiße Taube in der äußeren Realität fliegen siehst, ihr nachblickst? Hast du dich nie darüber gewundert? Es ist die Erinnerung an das große Geschenk Gottes, an Seinen Frieden, den Er mit dir teilt.

Darüber hinaus ist es eine ganz besondere Friedenstaube: eine Brieftaube! *Du* bist ihr Besitzer, und sie kennt nur ein einziges Ziel: zurück zu dir! Du kannst sie nicht wie einen frankierten Brief an eine von dir bestimmte Stelle, zu einem besonderen Ort oder zu einem von dir ausgewählten Menschen schicken, damit dort Frieden werde. Sie kann nur dir selbst Frieden schenken!

Wann immer du in Gefahr kommst, deinen inneren Frieden zu verlieren – und das geschieht sehr oft und sehr schnell, dann schließe kurz deine Augen und öffne deine Hände, so wie jetzt. Mache dir deine Friedenstaube bewusst, spüre sie, halte sie an dein Herz und spreche oder denke die Worte: „Friede in mir." Nicht als Wunsch, sondern als Gewissheit! Dann halte deine geöffneten Hände vor dich und spreche oder denke die Worte: „Friede in allem, was ist." Auch dies nicht als Wunsch, sondern als Gewissheit! Denn Gott hat jedem Teil Seines Selbst Seinen Frieden mitgegeben. Jede Menschenseele besitzt ihre eigene Friedensbrieftaube. Viele haben sie vergessen, vernachlässigt, fallen lassen. Ist es da ein Wunder, dass dabei das weiße Gefieder grau und unansehnlich wird?

Mit deinen Worten „Friede in allem, was ist" lässt du deine eigene Friedenstaube über dir kreisen. Sie ist zwar unsichtbar für die Menschen in deinem Umfeld, doch spüren sie *deinen* inneren Frieden und *deine* Gelassenheit. Das erweckt in ihnen eine Sehnsucht danach.

Es könnte sein, dass du dann in dir den Wunsch verspürst, ihnen von der Friedenstaube zu erzählen. Fühle in deine Mitte: Falls dabei ein innerer Unfriede spürbar ist, lass es: Denn es wäre ein ‚Ich will' oder ein ‚Ich muss' und ginge von deinem Ego aus. Bist du dagegen von innerem Frieden und großer Kraft erfüllt, dann wirkt der Friede Gottes aus dir und durch dich, durch Wort und Tat.

Alle meine nachfolgenden Erläuterungen helfen dir dabei, den Unterschied zwischen dem Wollen deines menschlichen Egos und dem Willen Gottes zu erkennen. Wenn du am Schluss dieses Buches angekommen bist, lies meine einleitenden Worte noch einmal. Du wirst sie anders verstehen, denn du wirst ein anderer/eine andere SEIN.

In geschwisterlicher Liebe, Yasper.

## Der Rummelplatz des Lebens

Hier und jetzt lade ich dich ein, gemeinsam mit mir den Rummelplatz des Lebens aufzusuchen. Du wirst überrascht sein, wie sehr die verschiedenen Fahrgeschäfte eines weltlichen Vergnügungsparks den Möglichkeiten entsprechen, in einen alltäglichen Umstand ‚einzusteigen' …

Beantworte mir zunächst eine Frage: Hast du schon einmal ein kleines Kind aus der Stadt, in der die Schausteller ihre Zelte, Buden und Fahrgeschäfte aufstellen, alleine auf den Rummelplatz gehen sehen? Wahrscheinlich nicht, entspricht es doch ganz bestimmt nicht dem Wohlgefühl eines so kleinen Menschleins, diesen vielen unbekannten Geräuschen und Gerüchen, dem Geschiebe und Gedränge der vielen Menschen ausgesetzt zu sein. Die Kleinkinder werden in Kinderwägen in den Lärm hineingefahren oder auf dem Arm der Mutter oder des Vaters hineingetragen.

Lass mich eine zweite Frage an dich stellen: Kannst du dir vorstellen, dass ein Hund, der in diesem Ort wohnt, freiwillig den Rummelplatz aufsucht? Eher nicht, denn wenn du die Vierbeiner, die von ihren Besitzern an der Leine dorthin gezogen werden, beobachtest, so kannst du feststellen, dass sie keineswegs mit vergnügtem Schwanzwedeln ihre Freude bekunden. Ihre Körpersprache zeugt vielmehr von Angst und Unsicherheit.

Wenn Tiere und kleine Kinder, die sich vom Gefühl bzw. Instinkt leiten lassen, solche Orte von sich aus meiden würden, was zieht dann so viele größere Kinder, Jugendliche und Erwachsene in diesen Lärm, dieses Gedränge, dieses Durcheinander? Das Wort ‚Vergnügungspark' erklärt es bereits: Sie sind auf der Suche nach Vergnügung, nach Erlebnissen, die der normale Alltag im Ort nicht bietet. Und da jedes Erleben zu einer Erfahrung führt, ist die Anziehungskraft solcher ungewöhnlicher Orte nur zu verständlich.

Auch die Welt ist ein solcher Ort für jede Seele, die sich verkörpert! Nur in der Materie ist es ihr möglich, bestimmte Erfahrungen zu machen, die Erkenntnis und Wachstum ermöglichen. Meine Einladung zu einem Rundgang über den ‚Rummelplatz des Lebens' ermöglicht dir, dein eigenes Verhalten – und das Verhalten deiner Mitmenschen – künftig besser zu verstehen. So kannst du bewusster auf Begegnungen und Umstände *re*-agieren und darauf ‚einsteigen'. Eines mach dir bitte gleich zu Beginn unseres Rundganges bewusst: Die Währung, mit der ein Mensch den Eintritt für die einzelnen ‚Fahrgeschäfte' bezahlt, ist seine kostbare Lebensenergie …

## Das Kinderkarussell

Das erste Fahrgeschäft, gleich beim Eingang eines Rummelplatzes, ist zumeist ein Kinderkarussell. Vielleicht verstehst du jetzt aufgrund meiner einführenden Worte, weshalb dieses Fahrgeschäft als ‚Einstieg' gewählt wird? Ja, du hast Recht mit deiner Vermutung: Die kleinen Kinder sollen langsam an das Vergnügen herangeführt werden! Das Tempo, die Musik, die Sitz- und Reitgelegenheiten sind kindgerecht. Sie sind bestens geeignet, den kleinen Kunden die Angst zu nehmen und in ihnen das Verlangen auf „Bitte noch einmal!" zu wecken.

Die Eltern und Großeltern freuen sich, wenn so langsam nach den ersten angstvollen Runden die Begeisterung bei den Kleinen erwacht. Ich enthalte mich jeglicher Bewertung, jeglicher Verurteilung bei meiner Schilderung. Ich stelle neutral fest, dass den Kindern eine Erfahrung ermöglicht wird, die Einfluss auf ihre Entwicklung hat: Das Erfolgserlebnis, ganz allein eine bis dahin unbekannte Welt zu entdecken, führt zu Freude und lässt das Selbstbewusstsein wachsen. Dass ganz nebenbei auch der Wunsch nach ‚mehr' entsteht, gehört zum Erfahren der Materie …

## Der Autoskooter

Lass uns nun weitergehen:

Der Beat dröhnt aus voll aufgedrehten Lautsprechern und lockt vor allen Dingen Jugendliche zu diesem Fahrgeschäft, das als großes Geviert aufgebaut ist: der Autoskooter. Viele einzelne, kleine Wägelchen, in denen maximal zwei Personen Platz finden, drehen ihre Runden. Runden? Nein, so planvoll läuft das Ganze nicht ab. Es ist vielmehr ein Durcheinander-, ein Gegeneinander-, ein Aufeinanderlos-Fahren!

Glaubst du, dass es je einem der Fahrer gelingt, ohne eine einzige Kollision die Runde durchzustehen? Nein, denn selbst wenn er noch so umsichtig und vorsichtig fährt, glückt es bestimmt einem anderen, ihm in die Karre zu fahren! Denn das macht ja gerade für die meisten den Spaß an diesem Fahrgeschäft aus: Ungestraft andere frontal, seitlich – oder hinterrücks zu rempeln und von ihrem Kurs abzubringen.

Dafür wird viel Geld ausgegeben, und nach jeder Runde sofort ein neuer Chip eingeworfen. Das Gefühl, der Bessere und Stärkere zu sein, ist vielen Jugendlichen der materielle Einsatz wert. Und nicht nur Jugendlichen …

Vielleicht schüttelst du jetzt deinen Kopf und bist überzeugt, dass du diese Phase der Entwicklung bereits hinter dir hast. Beileibe nicht! Denn es vergeht kaum ein Tag, an dem du auf dem Rummelplatz des Lebens nicht in dieses Fahrgeschäft einsteigst! Zu verlockend ist für dein Ego das einladende und provozierende Winken eines Mitmenschen, der bereits in einem Wägelchen sitzt.

Die Einladung besteht in einem Vorwurf, den der andere dir entgegenwirft – und der in deinen Augen ungerechtfertigt ist. Glaubst du tatsächlich, durch eine Rechtfertigung deinerseits könntest du gewinnen? Nein, denn durch diese Art der Antwort sitzt du bereits selbst in einem dieser Autos und versuchst verzweifelt, auszuweichen. Und das gegenseitige Rempeln, das Angreifen, das vergebliche Ausweichen und Schuldzuweisen beginnt!

Lass dir ein Beispiel dazu nennen: Ein Mensch nimmt guten Mutes und guten Willens morgens seinen Arbeitsplatz ein, da knallt ihm sein Vorgesetzter den gestern abgelieferten Bericht auf den Schreibtisch und kanzelt ihn als unprofessionell ab. Damit ist die Einladung zu einer Anrempelrunde, in der der Chef von Vornherein im stärkeren Auto sitzt, ausgesprochen. Der Versuch des Angestellten, sich zu rechtfertigen, ist bereits das Einsteigen in ein schwaches, wackliges Gefährt.

Welche andere Möglichkeit der *Re*-Aktion gibt es dann? Zunächst einmal: Kennt der Mitarbeiter denn den Beweggrund für das aggressive Verhalten des Vorgesetzten? Die Ursache kann bereits außerhalb des Hauses entstanden sein. Vielleicht wurde der Chef seinerseits vorher schon ‚angerempelt'?

Für den Mitarbeiter gilt: Nicht einsteigen! Ruhig bleiben, nicht bewerten, sondern sachlich fragen: „Was sollte ich Ihrer Meinung nach am Bericht ändern?" Dies setzt natürlich voraus, dass der Bericht mit bestem Wissen und Können ausgearbeitet wurde. Nur dann ist das Selbstbewusstsein groß genug, um die Ablehnung des Chefs nicht persönlich zu nehmen.

Unterbreitet daraufhin der Chef einen sachlich fundierten Vorschlag, zeugt ein anerkennendes und dankbares Wort des Untergebenen von dessen Selbstbewusstsein. Für einen willkürlichen und nicht wirklich konstruktiven Gedanken des Chefs genügen ein Nicken und die Zusage, den Bericht entsprechend zu ändern. Dies zeigt, ohne es auszusprechen: ‚Ich akzeptiere, dass Sie das Sagen haben.‘ Das ruhige Entgegennehmen des ‚Corpus Delicti‘ und die sofortige Vertiefung in das Werk beweisen dem Gegenüber ebenfalls Selbstbewusstsein!

Falls der Vorgesetzte unbedingt einen schwachen Gegenspieler für eine Rempelrunde braucht, wird er sich einen anderen suchen, der bereit ist einzusteigen …

Merke dir die Schlüsselsätze, die dir helfen, nicht mitzufahren: ‚**Ich urteile nicht, denn ich kenne nicht die Beweggründe des anderen. – Ich übernehme für mein Handeln die Verantwortung.**‘

## Die Schiffschaukel

Wir setzen unseren Rundgang fort. Genau gegenüber steht ein Fahrgeschäft, das seit Jahrhunderten fast unverändert aufgebaut wird: Die Schiffschaukel.

Schauen wir sie uns gemeinsam ein wenig genauer an: Nichts Gefährliches, nichts Aufregendes, nichts Aufpeitschendes wird hier angeboten. Es geht recht gemächlich zu, und trotzdem finden sich Interessierte. Meist sind es Pärchen und es ist sehr interessant, sie zu beobachten: Da gibt es das Paar, das sich gegenübersteht und vergeblich bemüht, an Höhe zu gewinnen. Denn: Die Bewegungen, die beide ausführen, wirken kontraproduktiv. Sie bremsen sich gegenseitig aus, denn sie beugen sich gleichzeitig vor – und lehnen sich zur gleichen Zeit zurück.

Diese Art des vergeblichen und kräftezehrenden ‚Miteinanders' ist oft in Partnerschaften und Beziehungen zu beobachten. Jeder will den Takt angeben. Das Ergebnis kennst du: Der eine bremst den anderen aus – und lädt ihm die Schuld am Scheitern auf.

Ein weiteres Pärchen gibt ein ebenso trauriges Bild des Unvermögens ab: Während sich der eine bemüht, an Höhe zu gewinnen und seine ganze Kraft einsetzt, sitzt der andere bequem auf seiner Bank und genießt die Aussicht. Ist es da ein Wunder, dass derjenige, der sich anstrengt und trotzdem nicht an Höhe gewinnt, irgendwann kraftlos und entmutigt, vielleicht auch wütend, aufgibt und aussteigt?

Auch diese Form der Partnerschaft ist nicht selten und beweist, dass sowohl in privaten wie in geschäftlichen Beziehungen ein Gewinn für alle nur möglich ist, wenn sich jeder nach seinen Kräften und Talenten einbringt.

Welch ein wunderbares Beispiel gibt da das Paar ab, das das gemeinsame Schaukeln beherrscht und aus der aufeinander abgestimmten Kraft und Anstrengung Freude und Gewinn zieht!

Schauen wir uns noch eine weitere Möglichkeit an: In eines der Schaukelboote ist nur einer der Partner eingestiegen und bemüht sich mit all seiner Kraft, Schwung zu bekommen und Höhe zu erreichen. Doch der andere steht missmutig und missgünstig am Boden und schiebt den Bremsklotz unter die Schaukel … Wie wird es wohl bei diesem Pärchen weitergehen? Nun, der vergeblich sich Anstrengende wird die Aussichtslosigkeit erkennen, enttäuscht oder wütend aussteigen – und seinen Weg über den Rummelplatz allein fortsetzen.

Die meiste Aufmerksamkeit der Zuschauer zieht jedoch ein Schaukelboot ganz am Rand des Fahrgeschäfts auf sich, das nur für einen Einzelnen konstruiert ist: die Überschlagschaukel! Mancher, der hier einsteigt, will sich selbst oder anderen seinen Mut und seine Kraft beweisen, und steigt kurz darauf mit blassem Gesicht unter dem höhnischen Gelächter der Freunde als Versager wieder aus.

Doch gibt es einige, die hier ihre Kraft einsetzen, um ganz für sich allein den Überschlag zu genießen! Keiner, der sich gegen ihn auflehnt! Keiner, der sich auf seine Kosten hochschaukeln lassen will! Keiner, der ihn ausbremst! Nur die eigene Kraft, der eigene Mut, der eigene Wille zur Höchstleistung zählen!

Frag einen solchen Menschen, der den Überschlag gemeistert hat, welcher Augenblick dabei am unvergesslichsten ist. Vielleicht bist du überrascht, wenn du zur Antwort erhältst: „Der Moment, wenn dich die eigene Kraft am Scheitelpunkt zum Stehen gebracht hat! Der Moment, in dem dir klar ist: Die kleinste Bewegung, hier und jetzt, die kleinste Kraftanwendung genügt, um dir den Überschlag zu ermöglichen!"

Dieser eine Moment, bei dem die Zuschauer am Boden unten die Luft anhalten, ist der Höhepunkt und die Belohnung der ganzen Anstrengung! Dann folgt der erste Überschlag. Und je nach Kraft und Ausdauer folgen die weiteren.

Die Überschlagschaukel auf dem Rummelplatz des Lebens steht für die Vorhaben, die du nur allein, ohne die Hilfe und Unterstützung anderer, angehen und meistern kannst. Besitzt du den Mut dazu?

Wie wäre es, jetzt für ein paar Minuten die Augen zu schließen und innerlich das bisher im Außen nie Gewagte zu riskieren?

Hast du das unvergleichliche Gefühl erlebt, das sich einstellt, wenn ein Mensch durch eigene Kraft, Mut und Ausdauer so weit kommt, dass die letzte Anstrengung zum Erreichen des Angestrebten sich wie ein federleichtes Hingeben anfühlt? Es ist vergleichbar mit dem Gefühl, das ein Bergwanderer nach kräfteraubendem Aufstieg beim letzten Schritt auf das Gipfelkreuz hin in sich verspürt: Dankbarkeit sich selbst und dem Leben gegenüber!

Die Schlüsselsätze für dieses Fahrgeschäft lauten: **„Ich wähle meine Partner für gemeinsame Vorhaben genau aus und bringe mich mit all meiner Kraft und meinen Talenten in das Werk ein. Ich besitze und nutze auch den Mut und die Kraft, manche Vorhaben allein zu bewältigen!“**

## Das Kettenkarussell

Unweit der Schiffschaukel lockt ein weiteres Fahrgeschäft: Auch dieses ist seit einem Jahrhundert unverändert, und das sieht man ihm auch an. Nostalgisch kommt es daher, und hat mittlerweile viele moderne Nachahmer gefunden, die vor allem jüngeres Publikum anziehen. Bieten diese zeitgemäßeren Fahrgeschäfte doch wesentlich mehr ‚Action', höhere Geschwindigkeiten und dröhnenden Sound. Der Vergnügungsfaktor ist gleich geblieben: Es geht rund!

Bleiben wir bei der alten Version: Es sind ein paar Stufen zu erklimmen, es ist einer der an Ketten hängenden Sitze auszuwählen, die Eisenstange an der Vorderseite hochzuschieben, Platz zu nehmen, die Metallstange zur Sicherheit gegen das Herausfallen während der Fahrt herunterzulassen – und zu warten, bis sich das Kettenkarussell langsam in Gang setzt.

Schnell gewinnt es an Fahrt. Die Fliehkraft führt dazu, dass die Sitzenden nach außen gezogen und – soweit die Eisenketten es erlauben – hoch in die Luft, weit über die untenstehenden Zuschauer hinausgeschleudert werden. Beim Einsteigen hat jeder für sich entschieden, in welchem der meist in drei Reihen angeordneten Sitze er Platz nimmt. Die außen Sitzenden beweisen am meisten Mut, werden sie doch am weitesten in die Luft gehoben. Ihre Schreie sind dementsprechend grell.

Die weniger Beherzten sitzen in der Mitte oder in der Innenbahn. Manchen von ihnen nützt ihre Platzwahl wenig, denn zu gerne fasst einer der außen Platzierten gleich zu

Beginn der Runde dessen Kette und reißt ihn mit in luftige Höhen, ob der andere dies will oder nicht.

Bist du selbst bei meiner Schilderung schon darauf gekommen, für welche menschliche Reaktion auf Umstände das Kettenkarussell stehen könnte? Ich gebe dir eine kleine Hilfestellung: Ist es einem der Eingestiegenen möglich, nach dem Losfahren auszusteigen? Nein, das wäre lebensgefährlich!

So steht dieses Fahrgeschäft für jedes ‚Ich muss', das du dir selbst auferlegst! Erkennst du dich? Ein **Muss** ist ein Zwang, durch den du dir selbst Ketten anlegst! Und aus diesem **Muss** kommst du nicht so schnell wieder heraus! Ein anderes Mal zieht dich ein Mitmensch in den Zwang des Müssens hinein, oft höher bzw. tiefer, als dir lieb ist.

Versuche doch einmal einen kleinen Selbsttest: Mach dir, einen einzigen Tag lang, für jedes gedachte oder ausgesprochene ‚Ich muss' mit Kugelschreiber einen kleinen Strich auf den Handrücken. Für jedes ‚Ich muss noch schnell' gibt es zwei Striche. Zähle abends die Striche zusammen – und nimm diese Zahl mal 5. Dann füge an die Summe die Maßeinheit kg (Kilogramm) an. So viel an Last hast du dir an einem einzigen Tag auf die Schultern gepackt! Einiges davon, was du in den zurückliegenden Stunden bereits real abgearbeitet hast, kannst du natürlich abziehen. Es bleibt immer noch genügend Bürde übrig, um dir die Rücken- und Nackenschmerzen zu erklären, die dich plagen. Betrachte dir einmal Menschen, die sehr oft das Zwangswort ‚muss' verwenden. Wenn du sie dann beiläufig fragst, wie es ihrem Rücken geht, wird sie deine Frage verblüffen, ihre Antwort dagegen wird meine Ausführungen bestätigen …

Ist es denn möglich, ein Leben ohne jedes ‚muss' zu führen? Gibt es nicht Dinge, die einfach getan werden *müssen*? Ja – und nein. Es gibt Dinge, die notwendig und zu tun sind, damit das Leben funktioniert. Die Befriedigung der Grundbedürfnisse wie Essen, Trinken, Schlafen, Körperpflege gehören dazu. Gibst du mir Recht, wenn ich sage: Das Leben sorgt dafür, dass du dies alles zur rechten Zeit tust? Dein Körper fordert durch Hunger- und Durstgefühl das Notwendige ein, das Schlafbedürfnis lässt dich einnicken und auch deine Haut und dein Körpergeruch zeigen sehr deutlich, wann dringend eine Reinigung angesagt ist. Dies alles wirst du ganz einfach tun, wenn es Zeit dazu ist. Oder stehst du morgens mit den Gedanken auf: ‚Ich muss mich waschen, ich muss etwas essen!' Nein, denn dies ist für dich selbstverständlich. Vielleicht sogar so selbstverständlich, dass du die Dankbarkeit darüber vergisst?

Anders sieht es schon aus mit folgenden Gedanken: ‚Ich muss in die Arbeit gehen!' ‚Ich muss heute ungeliebte Küchenarbeit machen!' ‚Ich muss heute einen Krankenbesuch machen, vor dem ich mich am liebsten drücken möchte!' ‚Ich muss zum Zahnarzt gehen!' Spürst du den Druck, den diese Gedanken allein beim Lesen in dir auslösen?

Du musst gar nichts! Es steht dir frei, in die Arbeit zu gehen. Wenn du es nicht tust, hast du allerdings die Konsequenzen zu tragen: Kein Lohn, kein Geld, gravierende Einschränkungen in deinem Lebensstil. Wenn du die Hausarbeit liegen lässt, hast du auch hier die Folgen zu tragen: Kein Wohlgefühl mehr in den eigenen vier Wänden, keine gesunde Ernährung, keine saubere Wäsche. Und der Blick aus den eingetrübten Fenstern wird dir auch nicht auf Dauer gefallen. Der nicht ausgeführte Krankenbesuch wird dein Gewissen quälen und der aufgeschobene Zahnarztbesuch deinen Zahn. Aber du musst nicht!

Wieso **tust** du es nicht einfach, weil – und wann – es dir richtig und wichtig erscheint?

‚Ich gehe in die Arbeit, denn ich bin dankbar, dass ich einen Arbeitsplatz habe und dadurch die Möglichkeit, für meinen Lebensunterhalt selbst zu sorgen.'

‚Ich wasche die Wäsche, ich spüle das Geschirr, ich putze die Wohnung, denn ich bin dankbar, dass ich Kleidung, Geschirr, eine Wohnung besitze.'

‚Ich besuche einen Menschen, dem es im Moment nicht gut geht, denn auch ich würde mich darüber freuen, in schweren Zeiten nicht vergessen zu sein.'

‚Ich gehe mutig zum Zahnarzt und bin dankbar, dass er mir durch seine Tätigkeit ermöglicht, wieder schmerzfrei essen zu können.'

Fühlst du den Unterschied zu den ‚Muss-Gedanken'? Sie ziehen dich nämlich in die Zukunft, legen dir Fesseln an und bürden dir Gewicht auf. Die ‚Ich tue-Gedanken' dagegen schenken dir die Energie, das, was dir wichtig ist, zur rechten Zeit zu *tun* – und ermöglichen dir Dankbarkeit.

Die Schlüsselsätze für dieses Fahrgeschäft lauten: **„Es gibt kein Muss! Ich tue das, was mir richtig und wichtig erscheint, zur rechten Zeit – und trage die Konsequenz für das, was ich unterlasse, weil es nicht wichtig und nicht richtig für mich ist."**

## Die Geisterbahn

Nun wird es richtig gruselig. Schon beim Näherkommen hörst du an der Musik – und an den Schreien derer, die sich bereits in diesem Fahrgeschäft befinden, dass hier auf dem Rummelplatz etwas angeboten wird, das augenscheinlich mit Angst und Schrecken zu tun hat.

Ist es nicht verwunderlich, dass trotzdem so viele Menschen darauf warten, in eines der kleinen Wägelchen einsteigen zu dürfen, die beständig aus der Gruselburg herauskommen? Merkwürdig ist auch, dass diejenigen, die aussteigen, dies lachend tun – und manchmal sogar eine weitere Runde bezahlen!

Der Grund für das bedenkenlose Einsteigen liegt auf der Hand: Sowohl die Gespenster, Geköpften und Monster an der Außenseite des Fahrgeschäfts als auch ihre Artgenossen im Inneren des Gebäudes sind allesamt künstlich – und somit nur Illusion! Es kann also gar nichts passieren!

Weshalb verlangen manche Menschen überhaupt nach diesem Nervenkitzel, für den sie nicht wenig bezahlen? Es liegt auf der Hand: Ihr Mut für die Konfrontation mit dem Schrecklichen wird dadurch belohnt, dass sie es überleben. Die Garantie dafür haben sie sich ja mit dem Eintrittspreis erkauft.

Wie nennst du die einzelnen Geister und Gespenster auf dem Rummelplatz des Lebens? Krankheit, Arbeitslosigkeit, Vogelgrippe, Schweinegrippe, atomare Katastrophe, Ebola, Klimakatastrophe? Die Liste ließe sich seitenlang fortsetzen. Der Oberbegriff für alle diese Monster ist: **Angst!**

Lass uns die Angst ein wenig genauer betrachten: Das Gefühl der Angst ist sehr wohl Realität und jeder Mensch kennt die Symptome: Enge, Atemnot, Herzrasen, Ausgeliefertsein sind nur einige davon.

Doch der Grund für Angst ist immer eine Illusion! Sie gewinnt ihre Macht durch einen einzigen furchtsamen **Zukunftsgedanken**. Und dieser ist die Eintrittskarte für die Geisterbahn. Menschen fürchten sich vor etwas, das hier und jetzt noch gar nicht eingetreten ist, noch gar nicht real ist! Denn hätten sie die Vogelgrippe oder Ebola, hätten sie gar keine Zeit mehr, Angst davor zu haben! Wäre der atomare GAU eingetreten, bliebe gar keine Zeit, sich davor zu fürchten. **Die Realität zwingt zum Handeln – und Handeln lässt keine Zeit für Ängste.**

Kann ein Gast die rasante Fahrt in der Geisterbahn auf dem Festplatz aus eigener Kraft stoppen? Nein! Der Besitzer des Fahrgeschäftes weiß dies durch technische und bauliche Vorrichtungen zu verhindern, profitiert er doch von den Schreien der Fahrenden – und nicht von Aussteigern, die kopfschüttelnd und abratend auf Einsteigewillige zugehen …

Kannst du aus einer Angst, in die du eingestiegen bist, einfach so aussteigen? Nicht ohne weiteres, denn bei jeder Angst gibt es Menschen, die davon profitieren – und sie aus diesem Grund weiter schüren …

Die Schlüsselsätze, um dieses Fahrgeschäft links liegen zu lassen, lauten: **„Ich nutze meine Energie, um hier und jetzt auf das Leben zu *re*-agieren und gebe so der Angst keine Macht.“**

## Hau den Lukas

Wir setzen unseren Rundgang über den Rummelplatz fort. Die nächste Attraktion kannst du leicht übersehen. Weder macht laute Musik darauf aufmerksam, noch ein aufwendiges und ins Auge fallendes Drumherum. Auch bilden sich hier in der Regel keine langen Warteschlangen. Nur kleinere Grüppchen, deren Mitglieder meist männlichen Geschlechts sind, machen ab und zu lautstark neugierig auf das, was hier geboten wird.

Erst beim Näherkommen, neugierigen Stehenbleiben und Beobachten erkennst du, was es mit dieser seltsamen Konstruktion auf sich hat: Die primitive Vorrichtung ermöglicht ein Kräftemessen besonderer Art! Ein auf dem Boden stehender Metallblock nimmt die Wucht des Schlages eines Hammers auf, der mit einer Kette gegen Diebstahl gesichert ist. Ein in die Höhe ragendes Messgerät zeigt unmittelbar die Kraft des Zuschlagenden an. Lustige Namen bestimmen die Leistung: Die Skala reicht von ‚Weichei' über ‚Muttersöhnchen' bis zum ‚Kraftprotz' und ‚Weltmeister'!

Da keiner aus der Gruppe als Weichei ausgelacht werden möchte, gibt jeder alles! Das Gegröle und schadenfrohe Gelächter feuert immer mehr an. Sieger ist derjenige, bei dem ein Glockenschlag die höchste Stufe bestätigt. Applaus für den Helden, Hohn für den Schwächling.

Hast du mittlerweile selbst erkannt, welchen Bezug der ‚Hau-den-Lukas' auf das reale Leben nimmt?

Richtig: Es geht um Mobbing! Auch hier ist einer, der unverrückbar, so wie der Metallblock, den Platz des Opfers einnimmt, Tag für Tag. Auch hier gibt es eine Gruppe, die sich gegenseitig beweisen will, wer der Stärkste ist. Wem von ihnen es gelingt, dem Opfer so richtig weh zu tun. Wer derjenige ist, bei dem es so richtig *klingelt*.

Es sind nicht die Starken und Selbstbewussten, die den Hammer in die Hand nehmen, im Gegenteil: Es sind gerade die Schwachen und selbst unter Minderwertigkeit Leidenden, die sich in einer solchen Gruppe stark fühlen.

Was wäre, wenn auf einem Rummelplatz über Nacht plötzlich der Metallblock verschwinden würde? Ganz einfach: Das Spiel wäre beendet …

So lauten die Schlüsselsätze für den Ausstieg eines bisher Gemobbten: **„Mit mir nicht mehr! Ich stehe nicht mehr zur Verfügung. Sucht euch einen anderen Prellbock!"**

Die Schlüsselsätze dafür, sich nicht mehr am Mobbing zu beteiligen, lauten: **„Das ist für mich kein Spaß. Hauden-Lukas hat mich schon auf Volksfesten nie interessiert."**

## Die Achterbahn

Gerne aufgesucht wird das nächste Fahrgeschäft. Hier geht es recht turbulent zu: Die kleinen, zusammenhängenden Wägelchen fahren steil hinauf und ebenso steil hinab, teilweise sogar mit Überschlag, und das alles in rasendem Tempo. Das Gekreische der Insassen spricht für sich. Mit vollem Magen ist dieses Vergnügen auf keinen Fall empfehlenswert …

Es ist das Sinnbild für das bei vielen Menschen so beliebte und durch die Werbung forcierte Wunschdenken. **‚Ich will'** ist die Kehrseite der **‚Ich muss'**-Medaille. Beide setzen ein Zukunftsdenken voraus und machen ein Mangeldenken bewusst, denn: Alles, was getan werden **muss**, ist ja im Augenblick der Gegenwart noch nicht getan. Ebenso ist alles, was gewünscht wird, gegenwärtig noch unerfüllt. Der Verstand, bzw. das Ego des Menschen, suggeriert jedoch: Geht der Wunsch in Erfüllung, bin ich glücklicher und zufriedener.

Viel Kraftaufwand ist nötig, um das Ersehnte zu erreichen. Und dann? Viel zu kurz währt der Moment des Glücks, bevor der rasante Abschwung in erneute Unzufriedenheit beginnt. Ihm folgt die Anstrengung des nächsten Aufstiegs. Macht nicht jeder erfüllte Wunsch schon bald Platz für den nächsten, meist noch größeren? Hat je ein erfüllter Wunsch, mag er noch so groß gewesen sein, einen Menschen für den Rest seines Lebens zufrieden gemacht?

Erkennst du darin die Entsprechung zur Achterbahn? Die Fahrt darin kann süchtig machen …

Sobald ein Mensch erkennt, dass jedem ‚Auf' zwangsläufig ein ‚Ab' folgen wird, ist er bereit für einen anderen Weg: Er kann den Weg des Vertrauens einschlagen und seine Energie für die Gegenwart nutzen, anstatt sie in Angst- oder Wunschgedanken zu investieren.

Die Schlüsselsätze, um die Achterbahn des Lebens künftig zu umgehen, lauten: **„Ich habe die Gewissheit, dass ich zur rechten Zeit vom Leben alles bekomme, was ich brauche, um meinen Weg gehen zu können. Ich habe**

**die Gewissheit, dass alles, was meine Seele wachsen und reifen lässt, zur rechten Zeit in mein Leben tritt. Ich habe die Gewissheit, dass mir das Leben alles, was mich auf meinem Weg nur belasten würde, zur rechten Zeit abnimmt.“**

## Das Spiegelkabinett mit Labyrinth

Auf heutigen Rummelplätzen ist dieses Angebot seltener zu finden. Es gehört eher der Vergangenheit an, scheint es doch zu wenig spektakulär. Nichtsdestotrotz hat es seine Entsprechung in der realen Welt.

Lass dir das Spiegelkabinett, für den Fall, dass du es nicht kennst, näher beschreiben: Nachdem du das unscheinbare, niedrige Gebäude betreten hast, findest du dich vor verschiedenen Spiegeln wieder. Obwohl du zu wissen glaubst, wie du aussiehst, bleibst du irritiert stehen. Du erkennst dich selbst nicht wieder, denn es handelt sich um Zerrspiegel! Entweder brichst du in Gelächter aus oder erschrickst vor dem, was dich da so ungläubig anstarrt. Einer der Spiegel zeigt dich klein und kugelrund, im glänzenden Glas daneben schaut dich dein ellenlanger, dürrer Zwilling an. Ob du es willst oder nicht: Die vielen unterschiedlichen Aussehen verunsichern dich, stellen dein eigenes Bild von dir in Frage. ‚Wie bin ich wirklich?‘ **‚Wer bin ich?‘**

Ja, genau für diese Irreführung und die damit verbundene Frage steht das Spiegelkabinett. Wer bist du? Bist du der, den die anderen in dir sehen – sehen wollen? In diesem Fall bist du kein *Ich*, sondern viele *Du's*: Du, meine Tochter/mein Sohn. Du, mein/e Partner/in. Du, meine Mutter/mein Vater. Du, meine Freundin/mein Freund. Du, mein/e Arbeitskollege/in. Du, Steuerzahler/in. Du … Du … Du …

Jeder, der dich *du* nennt, hat eine ganz bestimmte Vorstellung von dir, macht sich ein Bild von dir, ist dein Spiegel. Ein Zerrspiegel! Wenn du annimmst, wie dich der andere sieht, bist du *sein Du*! Du wirst dich aufreiben, zerrissen fühlen durch die vielen verschiedenen Spiegelbilder deines Selbst.

Wenn du dagegen weißt, wer du bist, wenn du aus innerer Gewissheit sagen kannst: **‚Ich weiß, wer ICH BIN'**, gibt es nur eine einzige Person, der du treu bist: Dir selbst!

Die Schlüsselsätze für das Spiegelkabinett lauten: **„Ich weiß, wer ICH BIN! Ich kann nur mir selbst treu sein. Ich habe Verständnis dafür, dass mein Gegenüber eine andere Vorstellung von mir hat und vielleicht enttäuscht von mir ist, wenn ich ihr nicht entspreche."**

Ich schenke dir einen ganz besonderen Segen, der dich künftig begleiten und stärken darf:

**„Gesegnet bist du**

- **mit der Kraft, ‚Ja' zu sagen, wenn du etwas als für dich richtig und wichtig erkannt hast.**

- **mit dem Mut, ‚Nein' zu sagen, wenn du etwas als für dich nicht richtig und unwichtig erkannt hast.**

- **mit Verständnis für dein Gegenüber, das sich durch dein ‚Ja' oder ‚Nein' verletzt fühlt – und dich vielleicht als egoistisch bezeichnet.**

**Gesegnet bist du, denn du gehst *deinen* Weg."**

**Nun zum Labyrinth:**
Es besteht aus engen Gängen, die abwechselnd durch Glas- oder Spiegelwände voneinander getrennt sind. Die Besucher irren in ihnen umher und suchen den Ausgang, zunehmend verzweifelter werdend. Manchmal scheint er zum Greifen nahe. Nur eine dünne, durchsichtige Scheibe trennt die Eingeschlossenen von den vor dem Gebäude wartenden Zuschauern, die amüsiert die vergeblichen Versuche beobachten. Doch der Weg führt noch einmal ins Innere des Raumes. Dann plötzlich stehen sie ihrem eigenen Spiegelbild gegenüber, das ihre Ratlosigkeit zeigt. Irgendwann, unverhofft und scheinbar durch reines Glück, erreichen sie den Ausgang und atmen dankbar die frische Luft ein. Keine Sorge: Noch nie hat ein Mensch im Rummelplatz-Labyrinth den Rest seines Lebens verbringen müssen, weil er den Ausgang nicht fand. Dafür sorgt schon der Eigentümer dieser Vergnügungsstätte.

Die Entsprechung zum realen Leben ist eindeutig: Es gehört zum Menschsein, dass manche Wege scheinbar in die Irre führen. Doch im menschlichen Leben sorgt deine Seele dafür, dass zur rechten Zeit der Ausgang aus einer schier ausweglosen Situation gefunden wird. Gerade solche Wege und die mühsame Auswegsuche versprechen für die Erkenntnisse ‚Wer bin ich' und ‚Wo bin ich' den größten Erfolg!

Der Schlüsselsatz für das Lebenslabyrinth lautet: **„Ich bin zur rechten Zeit am rechten Ort, um dort das Rechte zu tun!"**

## Ponyreiten

Ein überwiegend bei größeren Kindern beliebtes Vergnügen auf Volksfesten und Rummelplätzen ist das Ponyreiten. Sie lassen sich auf die kleinen Pferde heben und sitzen stolz und mehr oder weniger sicher im Sattel. Dann beginnen sich die Tiere in Gang zu setzen. Würde jetzt ein Reiter die Augen schließen, hätte er das Gefühl, ohne jede eigene Anstrengung vorwärtszukommen. Bliebe das Pferd am Ende der Runde stehen und der Reiter öffnete die Augen, würde er erstaunt feststellen, dass das Tier exakt an dem Platz angehalten hat, an dem er aufgestiegen ist.

Geht es nicht auch im realen Leben oft so zu? Jemand verspricht einem anderen, ihn ohne große eigene Anstrengung ein Stück weiterzubringen. Gerade im esoterischen Bereich werden solche Verheißungen oft ausgesprochen. Gegen gute Bezahlung wird Suchenden zugesichert, ihnen zur Erkenntnis, wenn nicht sogar zur Erleuchtung zu verhelfen. Wenn der so ‚Beglückte' dann seine Augen wieder richtig öffnet, erkennt er, dass er an derselben Stelle steht wie zuvor …

Die Schlüsselsätze für das scheinbare Getragen-Werden lauten: **„Nur *ich* selbst kann meinen Weg gehen. Nur *ich* selbst kann mein Leben leben.“**

## Die Schießbude

Gut besucht auf jedem Festplatz ist auch diese Vergnügungsstätte. Jeder, der sich selbst oder anderen seine Treffsicherheit beweisen will, erhält gegen Bezahlung ein Gewehr und Munition. Als Belohnung winkt eine Papierblume oder ein ebenbürtiger Kleingewinn, der nach kurzer Zeit achtlos weggeworfen wird …

Lässt dieser Beweis von ‚Zielsicherheit‘ das Selbstbewusstsein eines Menschen tatsächlich wachsen? Oder füttert er nur sein Ego?

Die Entsprechung im realen Leben brauche ich dir nicht näher zu erklären. Einen Hinweis erlaube ich mir: Der Unterschied zwischen Ehrgeiz und Zielstrebigkeit liegt darin, dass ein ehrgeiziger Mensch jedem anderen den Erfolg missgönnt. Der Zielstrebige dagegen setzt alles daran, mit seinen eigenen Möglichkeiten, Talenten und seiner Begeisterung das ihm selbst Machbare zu erreichen, zu seiner Freude und mit dem Blick auf das Ganze. Diese Sicht erlaubt ihm aufrichtige Mitfreude mit jedem anderen erfolgreichen Menschen.

Du bist auf diese materielle Ebene gekommen, damit deine Seele wachsen und reifen kann, nicht um dein Ego zu nähren. Bedenke: Sowohl Hochmut als auch Minderwertigkeit sind wahre Dopingmittel für das Ego. Lässt dich doch jeglicher Vergleich deiner Selbst – oder dessen, was du hast oder tust – mit einem anderen entweder als Gewinner oder als Verlierer dastehen.

Die Schlüsselsätze, die dir helfen, den Frieden und die Zufriedenheit in der Zielstrebigkeit zu finden, lauten: **„Ich vergleiche mich, das, was ich habe und tue, nicht mit anderen. Dafür ist jeder von uns viel zu einmalig! Ich nutze voller Dankbarkeit alle meine Talente und Gaben, um meine Seele wachsen und reifen zu lassen: zu meiner Freude und zum Wohle des Ganzen."**

### Das Schlammcatchen

Auf einigen Rummelplätzen ist auch diese Kurzweil zu bestaunen. Mehrere scheinbar agressive Damen in knappen Trikots werfen sich in einer Schlammarena gegenseitig in den Dreck und wälzen sich darin. Die Belustigung der Zuschauer erhält nur ab und zu einen Dämpfer, wenn die Kämpfenden scheinbar versehentlich Schlamm ins Publikum werfen.

Fazit: Wer sich zu nah an Schlammschlachten wagt, kann nicht erwarten, selbst sauber zu bleiben …

Die reale Entsprechung dazu hast du bestimmt im Freundeskreis schon einmal erlebt: Wer sich in die Streitigkeiten zweier Parteien einmischt, bekommt von beiden Seiten seinen Teil ab …

Der Schlüsselsatz, der dir hilft, solche Situationen zu vermeiden, lautet: **„Gesegnet ist der andere, denn er geht seinen Weg."**

Dies gilt für alle Beteiligten und hat nichts mit Interesselosigkeit oder fehlendem Mitgefühl deinerseits zu tun. Im Gegenteil: Dein innerer Friede, den du mit der Einstellung der Gelassenheit bewahren kannst, hilft dir, dann für die anderen da zu sein, wenn sie wirklich Wert auf deine aufrichtige *und* neutrale Meinung legen und offen sind für deinen hilfreichen Rat.

## Popcorn und gebrannte Mandeln

Natürlich dürfen auf keinem Rummelplatz die Süßigkeiten fehlen! Zu verführerisch sind die Düfte. Für viel Geld werden Leckereien angeboten, die viele Kalorien – und wenig Nährwert haben. Bei zu viel Genuss davon rebelliert der Magen.

Hier gilt der Rat, den viele fürsorgliche Mütter ihren Kindern geben: Alles in Maßen – und nicht in Massen – genossen schadet nicht!

Das Leben bietet manch Süßes an, das kurzzeitig befriedigt, doch nicht auf Dauer satt macht. Im Gegenteil: Die Gier nach ‚mehr' erwacht.

Der Schlüsselsatz, der dir ermöglicht, die Fülle und Süße des Lebens bewusst und dankbar zu genießen, ohne danach süchtig zu werden, lautet: **„Das Leben bietet mir**

**manchmal unerwartet schöne Gelegenheiten und Dinge, die nicht lebensnotwendig sind, die ich aber voller Dankbarkeit annehme und genieße.“**

### Das Bierzelt

Die Menschenmassen auf Volksfesten oder anderen Rummelplätzen schieben und ziehen ab einer bestimmten Stelle in eine ganz besondere Richtung: Hin zum großen Bierzelt. Laute Blasmusik ertönt darin; Gesang, Gegröle und enger Körperkontakt üben eine Faszination aus, der sich viele Menschen nicht entziehen können. Die Bänke sind bis auf den letzten Platz besetzt und die Bedienungen haben alle Hände voll zu tun, all die Hungrigen und Durstigen zufrieden zu stellen. Oft wird über den Durst getrunken; die Lustigkeit, die daraus entsteht, überschreitet oft genug die Grenzen der Moral.

Geselligkeit wird hier geboten. Danach suchende Gleichgesinnte treffen sich hier und trinken Brüderschaft.

Brüderschaft? Sie verbindet die Suche nach Freundschaft, nach Verständnis, nach Liebe. Ob sie hier wohl fündig werden? Ob nicht der Kopfschmerz, die Magenbeschwerden und der fahle Geschmack im Mund am folgenden Tag eine eindeutige Antwort geben?

Die einzigen, die wirklichen Genuss aus dem Besuch des Bierzeltes ziehen, sind diejenigen, die mit Freunden das Zelt aufsuchen, mit Maßen das Angebotene genießen und wissen, wann es Zeit ist zu gehen.

Die Schlüsselsätze, um das vergebliche Suchen zu beenden, lauten: **„Ich bin zur Erkenntnis gekommen, dass ich Zufriedenheit und wahre Liebe nur in mir selbst finde und selbst der beste Freund für mich bin. Nur dies macht mich bereit, andere Menschen zu lieben und ihnen wahrer Freund zu sein."**

## Das Riesenrad

Nun sind wir beide fast am Ende unseres Rundganges über den Rummelplatz des Lebens angekommen. Nur noch ein Fahrgeschäft fehlt in meiner Aufzählung.

Es überragt alle anderen Vergnügungsstätten und ist schon lange vor dem Betreten des Rummelplatzes zu sehen. Weder laute Musik noch aufputschende Werbung locken die Besucher an, weder Nervenkitzel mit rasantem Tempo noch Gruseleffekte werden hier geboten. Ruhig und gleichmäßig zieht es Runde um Runde: das Riesenrad.

Du stehst davor, blickst nach oben – und allein dieser Blick lässt eine Ahnung in dir aufkommen, wie schön die Aussicht wohl von dort oben sein wird.

Um einzusteigen, ist deine Gelassenheit gefordert, denn die kleinen Gondeln, die meist nur vier Menschen Platz bieten, kommen gemächlich, eine nach der anderen, am Boden an. Eine Sicherheitskette wird für dich gelöst, du nimmst Platz – und deine Geduld wird erneut auf eine harte Probe gestellt: Es geht nur sehr, sehr langsam dem ersehnten Höhepunkt entgegen.

Schon nach kurzer Fahrt, die immer wieder durch Stopps unterbrochen ist, damit die nach dir kommenden Gäste einsteigen können, fällt dir etwas auf: Du lässt zunehmend den Lärm und die Gerüche des Rummelplatzes hinter und unter dir. Ein Blick nach unten bestätigt dies: Die Menschen und Dinge auf dem Boden werden kleiner, unwichtiger. Die vielen Angebote der Fahrgeschäfte und Buden verlieren ihre Anziehungskraft.

Wieder ein Stück höher! Du kannst nun schon über den ganzen Platz hinaussehen, die Stadt überblicken, einen Blick in das angrenzende Umland werfen.

Und endlich ist es soweit: Du hast den höchsten Punkt deiner Fahrt erreicht! Es scheint dir, als bliebe die Zeit für einen Augenblick stehen: So klein und unbedeutend ist das, was sich da unten abspielt. Der Einfluss der Angebote, die Anziehungskraft all des Verlockenden und Kurzweiligen: Du hast dich ihm entzogen! Wie weit und klar ist deine Sicht! Straßen, Wege, Kreuzungen, Zusammenhänge zeigen sich deutlich. Hier oben ist Erkenntnis möglich, die dir auf dem Boden des Rummelplatzes verwehrt bleibt …

Wie schön wäre es, lange Zeit hier oben verweilen zu dürfen. Es ist dir nicht vergönnt, denn ein Ruck der Gondel zeigt dir an, dass die Abwärtsfahrt begonnen hat. Ein kurzes Bedauern erfüllt dich, bevor du erkennst, dass dein flüchtiges Verweilen in völliger Ruhe einem anderen Menschen auf dem Boden unten das Einsteigen ermöglicht hat. Dankbarkeit erfüllt dich, dass dieses Erleben und Erkennen auch anderen zugänglich ist.

Stück für Stück näherst du dich wieder dem Boden. Geräusche und Gerüche werden intensiver, der Sog der Menschenmassen wahrnehmbar. Und doch hat sich etwas in dir verändert: Die Ruhe von dort oben, die Weitsicht und Klarsicht kann dir nichts und niemand nehmen. Du steigst anders aus, als du zuvor eingestiegen bist. Ein Lächeln umspielt deinen Mund, dein entspanntes Gesicht zeugt davon, dass in den zurückliegenden Minuten all das, was am Boden so wichtig erschien, eine andere Relation bekommen hat.

Mit einem kurzen, freundlichen Zunicken denen gegenüber, die darauf warten, in deine Gondel einzusteigen, verabschiedest du dich vom Riesenrad.

Du hast durch meine Schilderung eben eine kleine Meditation erlebt, und genau dies ist die Parallele zum Riesenrad! Wenn dir der Trubel im Alltag zu groß wird, wenn du dich nach Ruhe, nach Weitsicht und Klarsicht sehnst, ziehe dich zurück, gehe in Gedanken Stück für Stück nach ‚oben', nach innen, halte ein paar Minuten inne – und lasse all das scheinbar Wichtige, das so laut schreit und an dir zerrt, hinter und unter dir. Lass deine Seele zu Wort kommen, leise und liebevoll.

Wenn du danach in die äußere Realität zurückkehrst, bist du gestärkt für den Rummelplatz des Lebens. Du kannst bewusst entscheiden, wie und ob du in die einzelnen Fahrgeschäfte einsteigst. Du kannst bewusst entscheiden, in welche Re-Aktion du deine Lebensenergie fließen lässt.

Noch etwas wirst du immer öfter erfahren und deutlicher erkennen: Ebenso, wie du beim Ausstieg aus der Gondel des weltlichen Riesenrades auf Einsteigende triffst, wirst du in deinem Leben Gleichgesinnten begegnen, die sich auf eine höhere Sicht einlassen. Mit ihnen lohnt es sich, bewusst gewinnbringende Aktivitäten auf dem Rummelplatz des Lebens zu unternehmen. Wie wäre es mit einer Partie auf der ‚Schiffschaukel'? Wenn beide ihre Kräfte zum Erreichen des gemeinsamen Zieles einsetzen, ist ein Höhenflug möglich!

Die Schlüsselsätze für das Riesenrad des Lebens lauten: **„In der Mitte meines Selbst, in der Stille der Meditation, erfahre ich Klarsicht und Weitsicht. Im bewussten Einssein mit meiner Seele erkenne ich, wer ICH BIN."**

Lass dir hierzu ein kleines Gedicht ans Herz legen, das ich allerdings in einer zweiten Version ein wenig abändere:

Ich bin – und weiß nicht wer.
Ich komme – und weiß nicht woher.
Ich gehe – und weiß nicht wohin.
Mich wundert, dass ich so fröhlich bin.[2]

**Ich bin – und ich weiß, wer!**
**Ich komme – und ich weiß, woher!**
**Ich gehe – und ich weiß, wohin!**
**Wundert's dich, dass ich so fröhlich bin?**[3]

[2] Nach einem Gedicht von Hans Thoma (1839-1924), vgl. https://de.wikipedia.org/wiki/Martinus_von_Biberach.

[3] Von Yasper.

## Der Richter in dir

Lass uns zu diesem Thema einen Besuch in dein Inneres unternehmen. Ich möchte dir etwas zeigen, um es deinem Verstand bewusst zu machen und dir gleichzeitig gefühlsmäßig näherzubringen:

Reich mir deine Hand und lass dich an einen inneren Ort führen, den du sehr gut kennst. Suchst du ihn doch mehrmals täglich unbewusst auf. Er befindet sich in deinem Kopf und gehört so selbstverständlich zu dir, dass es an der Zeit ist, ihn ein wenig in Frage zu stellen.

Wir stehen jetzt direkt davor: Ein großes, düsteres Gebäude, dessen wuchtige Tür weit offen steht. Jetzt, da du bewusst davorstehst, erscheint es dir gar nicht einladend. Der Grundstein für das Haus wurde von deinen Eltern gelegt, vor langer Zeit. Du fingst gerade erst an, Worte zu verstehen und dich selbst an ihnen zu üben. An die Inschrift des Grundsteins kannst du dich bestimmt nicht mehr erinnern, darum helfe ich ein wenig nach: „Was hast du denn da wieder angestellt? Da ist die Mama aber traurig."

Sehr bald wurden dir weitere Bausteine gereicht. Auf jedem von ihnen stand geschrieben, was du falsch oder kaputt gemacht hast. Dann fingst du an, selbst nach solchen Steinen zu suchen. Deren Inschriften hast *du* eingraviert: „Mama ist schuld!" „Papa ist schuld!" „Meine Geschwister sind schuld!" Meine Freunde sind schuld!" Und später: „Der Lehrer ist schuld!" „Der Vorgesetzte ist schuld!" „Mein Partner ist schuld!" **Schuldsteine**! Dieser Name passt am besten zu den immer mehr werdenden Bausteinen, die du fleißig aufeinanderschichtest, auch heute noch: Schuldzuweisungen, die du anderen auflädst ebenso wie Schuldzuweisungen, die du dir von anderen aufladen lässt. Je älter du wirst, umso größer werden die Brocken.

Schließe deine Augen für ein paar Minuten und betrachte dir das große, düstere Gebäude genau …

Hast du auch die Aufschrift entziffert, die über dem Eingang steht?

Da die Türe nun schon so einladend geöffnet ist, trete doch gemeinsam mit mir ein. Muffig riecht es. Ein langer Gang liegt vor uns.

Erkunden wir zunächst den Raum, der zu deiner Linken liegt. Auch dessen Tür ist sperrangelweit geöffnet. Unweit des Eingangs steht eine Holzbank. Geh an ihr vorbei bis zur Stirnseite des Raumes, an der dich ein dunkler, wuchtiger Tisch erwartet. Auf einem Kleiderständer, der daneben steht, hängen eine schwarze Richterrobe sowie eine weiße Perücke. Bevor du auf dem Richterstuhl Platz nimmst, ziehe dir das Respekt einflößende Gewand an und setze dir die altmodische Perücke auf. Du zögerst? Nur Mut!

Nanu? Du fühlst dich dabei unwohl, obwohl beides wie angegossen passt? Die Utensilien sind beide, wie das Gebäude selbst, mit dir mitgewachsen, von der Kleinkindgröße bis zur jetzigen Passform.

Nimm Platz, und betrachte dir als nächstes die Gegenstände, die auf dem Richtertisch liegen: ein kleines Hämmerchen – und ein dickes, in dunkles Leder gebundenes Buch. Es trägt die Aufschrift:

**Mein Gesetzbuch**

Schlage es interessehalber auf und blättere darin. Unterteilt nach verschiedenen Rubriken findest du darin Familiengesetze, Freundschaftsgesetze, Ehegesetze, Kindergesetze, Nachbarschaftsgesetze, Kollegengesetze, Umweltgesetze und viele mehr.

Was glaubst du: Wie viele von diesen Gesetzen sind wirklich aus deinem eigenen Erleben und deiner eigenen, daraus erwachsenen Erkenntnis entstanden? Und wie viele hast du ungeprüft übernommen? Du kannst die Fremdgesetze leicht ausfindig machen: Sie enthalten meist das Wörtchen ‚*man*'. Ein Beispiel gefällig? „*Man* verhält sich am Arbeitsplatz so, dass der Vorgesetzte keinen Anlass zur Klage hat. Als kleiner Angestellter hat *man* auch bereit zu sein, klaglos Überstunden zu machen." Führen und halten dich diese Gesetze nicht in Abhängigkeit? Hast du sie je hinterfragt? Oder hält dich Angst davor ab?

Es lohnt sich, diese ‚*man*'-Gesetze generell in Frage zu stellen: „*Man* tut dies vielleicht – aber gilt dies auch für mich?"

Vielleicht erschreckt es dich, wenn ich behaupte, dass nicht einmal der zehnte Teil all dieser Gesetze, die in *deinem* Gesetzbuch stehen, von dir selbst stammen. Alle anderen hast du von deinen Vorfahren oder von Menschen, die du überhaupt nicht kennst, übernommen. Wem dienen sie? Dir – oder denen, die sie aufgestellt haben?

Sind alle diese Vorschriften, nach denen du wertest und verurteilst – und dich selbst bewerten und verurteilen lässt, wirklich so richtig und wichtig für das Zusammenleben? Sollten dann nicht Frieden und gegenseitige Empathie zwischen den Menschen herrschen? Oder profitieren von den meisten deiner Gesetze nur einige wenige Menschen? Beantworte dir diese Fragen selbst …

Beginnt die Perücke langsam unbequem zu werden? Wird dir unter dem schweren Tuch der Robe langsam warm? Nur weil du sie diesmal bewusst wahrnimmst? Dabei hast du beides heute schon einmal getragen. Erinnerst du dich? Wirf doch einmal einen Blick auf die Anklagebank beim Eingang …

Vielleicht sitzt dort der Autofahrer, der so langsam vor dir herfuhr und dich ausbremste? Oder die Kassiererin im Supermarkt, die dir so unfreundlich und ungeduldig erschien? Oder eines deiner Kinder, das sein Zimmer nicht aufräumen wollte? Oder … Oder … Oder …

Erinnerst du dich jetzt wieder? Du hast unverzüglich dein inneres Gerichtsgebäude aufgesucht, die scheinbaren Insignien deiner Macht angelegt, dein Gesetzbuch aufgeschlagen, das passende Gesetz als Grundlage herausgesucht, das Urteil gesprochen – und mit einem Klopfen des Hämmerchens besiegelt!

Hast du dem Angeklagten die Möglichkeit gegeben, Stellung dazu zu nehmen? Sich zu verteidigen? Dir den Grund für sein Verhalten zu nennen?

Vielleicht hättest du dann erfahren, dass der langsame Autofahrer auf dem Weg zu einer Werkstatt war, weil ein Warnsignal auf seinem Armaturenbrett aufleuchtete? Vielleicht hätte dir die Kassiererin von ihrer schwerkranken Mutter erzählt, und dass sie jetzt lieber an deren Bett säße? Vielleicht hätte dein Kind darum gebeten, erst das Puzzle fertigmachen zu dürfen, bevor es sein Zimmer aufräumt?

**Urteile nicht, denn du kennst nicht die Beweggründe des anderen!**

Ich urteile nicht über dich, denn ich kenne deine Beweggründe für das vorschnelle und fast schon automatisierte Urteilen und Verurteilen. Sie liegen im unbekümmerten Übernehmen von Verhaltensweisen und Denkmustern deiner Vorfahren. Bist du hier und jetzt bereit, diese zu hinterfragen?

Das Leben/die Liebe/Gott schenkt dir die Möglichkeit, dein vorschnell getroffenes Urteil zu revidieren. Du kannst dem Verurteilten, der immer noch auf der Anklagebank sitzt, dein inneres Gehör – und dein Verständnis schenken, jetzt …

Und du kannst ihn freisprechen! Jetzt!

Ebenso oft kommt es vor, dass du dich selbst auf die Anklagebank setzt und dein eigener Richter bist! Ein unbarmherziger Richter, der nicht bereit ist, eine Erklärung zuzulassen, der nicht bereit ist, den Grund deines Denkens, Sprechens, Handelns – oder Unterlassens zu erfahren. Diese Form des dich selbst Verurteilens ist besonders schmerzhaft und kostet dich sehr viel Energie. Mach dir bewusst, dass du in diesem Fall gleichzeitig Richter, Angeklagter, Verurteilter, Gefangener und Gefängniswärter bist!

Es ist an der Zeit, dich von den Richterinsignien zu trennen. Schlag das Gesetzbuch zu, leg das Hämmerchen beiseite und ziehe Robe und Perücke aus. Ich erkenne schmunzelnd, dass dir die Kopfhaut juckt …

Lass uns diesen Raum verlassen und in den Gang zurückkehren. Auf der genau gegenüberliegenden Seite ist die Tür ebenfalls weit geöffnet. Betreten wir diesen Raum …

Er ist völlig identisch mit dem eben verlassenen Zimmer. Und doch gibt es einen gewaltigen Unterschied für dich: Hier wird von anderen über dich gerichtet! Hier bist ausschließlich *du* der Angeklagte!

Auch in diesem Raum warst du heute schon, denn ein anderer hat über dich geurteilt: Vielleicht der langsame Autofahrer vor dir, der in deinem ungeduldigen Verhalten eine Gefährdung sah? Vielleicht die Kassiererin, die in deiner unfreundlichen Miene das mangelnde Verständnis für ihre Situation gelesen hat? Vielleicht dein Kind, das sich von dir unverstanden fühlte? Haben sie *dir* die Möglichkeit gegeben, *deine* Sicht der Dinge zu erklären?

**„Urteilt nicht, denn in Wahrheit urteilt ihr über euch selbst!“** Diesen Satz sprach Jesus unzählige Male zu denen, die sich über andere beklagten. Er hatte erkannt, dass das Verurteilen anderer erst die Möglichkeit schafft, von anderen verurteilt zu werden!

Lass uns auch diesen Raum wieder verlassen. Sehr nachdenklich bist du geworden, und das ist gut so. Du beginnst zu hinterfragen, du fängst an zu verstehen …

Noch ist unser Rundgang durch das Gerichtsgebäude nicht beendet. Lass uns den Gang weitergehen, bis zu der Treppe, die in den Keller führt. Ein muffiger Geruch schlägt dir auch hier entgegen. Am liebsten würdest du jetzt umkehren, doch es ist wichtig, dass du dir auch das anschaust.

Stufe für Stufe geht es hinab, bis wir dein inneres Gefängnis erreicht haben. Grob behauene Steine teilen kleine Zellen voneinander. Gitterstäbe zum Gang hin sperren die von dir Verurteilten ein. ***In dir ein!*** Manche harren schon jahrelang aus und warten darauf, endlich begnadigt und freigelassen zu werden.

Lass dir auch hier ein wenig Erinnerung schenken: Der Schulfreund zum Beispiel, der dich in der Kindheit beständig geärgert hat, sitzt hier seit Jahrzehnten ein und wird in der äußeren Realität mit deiner Ablehnung bestraft …

Der Arbeitskollege, der dir eine wichtige Arbeit vor der Nase weggeschnappt hat, wird heute noch von dir ignoriert, wenn ihr euch begegnet …

Die Nachbarin, die sich über deine laute Geburtstagsparty beschwerte, wird heute noch bei jedem Begegnen von dir ‚übersehen' …

Und dein Partner, der sich gestern nicht so verhielt, wie du es von ihm erwartet hast, wird – wie lange noch? – von dir mit Liebesentzug bestraft …

So viele Gefangene, so viele Verurteilte – und du bist der Gefängniswärter! Mach dir bewusst, dass ein Wärter ebenso eingesperrt ist wie die Menschen, über die er wacht.

Ich gebe dir, hier und jetzt, die Möglichkeit, einige der Gefangenen – und mit ihnen dich selbst – freizusprechen. Lass dir Zeit …

Ich nehme dein befreites Aufatmen wahr! Nun können wir das düstere Gebäude verlassen.

Unser innerer Besuch ist noch nicht beendet: Wirf nun einen Blick auf das kleine Haus, das genau gegenübersteht. Freundlich und hell wirkt es, und über dem Eingang steht in leuchtenden Buchstaben das Wort

**Rathaus**

geschrieben. Nein, einen Bürgermeister und Beamte wirst du hier nicht vorfinden, dafür einen göttlichen Ratgeber. Du kannst ihn Engel nennen oder Jesus, Christus oder Gott. Auch hier steht die Tür immer für dich offen. Sei gewiss: Der Ratgeber hat ein offenes Ohr und einen Weitblick und Klarblick für jede Situation, in der dein Verständnis gebraucht wird, um nicht ins Verurteilen zu verfallen.

Es wird eine Weile dauern, bis du ganz selbstverständlich das Rathaus wählst. Eine Zeitlang wird dich dein Verstand bzw. dein Ego noch in das Gerichtsgebäude locken. Doch kannst du jederzeit umkehren und den anderen Weg einschlagen. Nimm dann dein Gesetzbuch mit, um nach und nach die Gesetze, die du als überholt und falsch erkennst, herauszustreichen. Der Ratgeber ist dir gerne dabei behilflich!

Weißt du, wie das Gesetzbuch des Jesus aussah? Es war golden und bestand aus einer einzigen Seite, denn alle anderen Gesetze, die auch er von seinen Vorfahren übernommen hatte, hatten nach und nach für ihn die Gültigkeit verloren. Auf der einen Seite stand das einzige Gesetz, das für ihn noch galt:

**Ich liebe Gott, meinen Vater,**
**mit meinem ganzen Herzen,**
**mit all meinen Sinnen,**
**aus ganzer Seele.**
**Diese Liebe lässt mich**
**meinen Nächsten lieben,**
**so wie ich mich selbst liebe,**
**denn sie ermöglicht mir,**
**in allem, was ist,**
**Gott, meinen Vater,**
**zu erkennen.**

Mit diesen Sätzen lass uns nun zurückkehren in die äußere Realität, in die das Liebesgesetz des Jesus den Himmel auf die Erde bringen könnte … und den Frieden in dich. Denn du würdest ebenso wie Jesus erkennen: „Sobald ich anstelle des Bewertens und Verurteilens ein ‚Verständnis' mir selbst und anderen gegenüber zulasse, sehe ich in der Anklage anderer nicht mehr ihr Verurteilen, sondern ihre Meinungsäußerung." Und du würdest darauf nicht mehr mit einer Rechtfertigung antworten, sondern mit einer aus deinem inneren Frieden heraus gesprochenen Feststellung. Der nachstehende Segen vermag dich hierbei zu unterstützen:

„Gesegnet bist du

- mit der Erinnerung, dass jeder einzelne Mensch einen einzigartigen Standpunkt hat, der seine Sichtweise bestimmt. Diese Sichtweise entscheidet über seine Wahrnehmung, aus der *seine* Wahrheit entsteht.

- mit der Kraft, zu *deiner* Wahrheit zu stehen, die aufgrund deines Standpunkts, deiner Sichtweise und deiner Wahrnehmung entsteht.

- mit Verständnis für die Wahrheit deines Gegenübers, auch wenn er deine Wahrheit in Frage stellt und dich anzugreifen versucht."

## Eine kleine Zusammenfassung zum Thema

Damit es dir leichter fällt, dein inneres Gefängnis nach und nach abzureißen und den Weg ins ‚himmlische Rathaus' immer selbstverständlicher anzutreten, gebe ich dir ein paar Gedankenstützen mit:

Schenke dem Leben/der Liebe/Gott dein Vertrauen, dass du nur das frei Haus und zur rechten Zeit geliefert bekommst, was du dir auf Seelenebene selbst bestellt hast und dringend brauchst, um zu wachsen und zu reifen.

Enthalte dich jeglicher Bewertung oder Verurteilung, egal ob es sich um dich selbst und dein eigenes Verhalten, um eine andere Person oder um einen Umstand handelt. Treffe stattdessen eine klare Feststellung: „Es ist, wie es ist. Punkt!" Merke dir: Der Himmel teilt nicht ein in *positiv* und *negativ,* nicht in *gut* und *böse*, sondern in *heil* und *heilungswürdig*. Überlege dir dann, ob du eine Möglichkeit hast, heilsam zu wirken. Wenn nicht, übergib es Gott.

Wenn du Gefahr läufst, dein inneres Gleichgewicht zu verlieren, frage dich: „Welche Eigenschaft bräuchte ich jetzt, um besser damit umgehen zu können? Ist es vielleicht Selbstachtung – oder Selbstvertrauen, Selbstliebe, Geduld, Verständnis, Standfestigkeit für meine Wahrheit?" Wenn du es benennen kannst, so weißt du, welcher ‚Seelenmuskel' im Moment trainiert wird – und welche Wachstumsmöglichkeit dir der Himmel gerade anbietet. Willst du wirklich zulassen, dass dein begrenzter Verstand dieses Geschenk ablehnt?

Der nachfolgende Segen stärkt dich für die praktischen Übungen, auf die du zugehst:

**„Gesegnet bist du mit der Erkenntnis, dass alles, was dir das Leben vorlegt, der Liebe Gottes entspringt und nur ein Ziel hat: Deine Seelenflügel, die aus Liebe und Vertrauen bestehen, wachsen zu lassen. Denn davon hängt es ab, wie nahe du dem kommst, der du bist.“**

## Die Goldene Mitte

Warum fällt es dir so schwer, Umstände, Menschen oder dich selbst nicht zu bewerten, nicht zu verurteilen? Wer oder was hat daran ‚Schuld'?

Lass dich durch die Antwort, die ich dir darauf gebe, ein wenig provozieren: Wenn du unbedingt einen Schuldigen brauchst, so beschuldige Gott! Denn Er hat dir die Sinne gegeben, mit denen du Umstände, Menschen und dich selbst wahrnimmst!

Ich nenne dir Beispiele, die meine Aussage scheinbar belegen: Wärest du taub, könntest du Beleidigungen, die in deiner Gegenwart gesprochen werden, nicht hören.

Wärest du blind, könntest du beleidigende Gesten, die vor deinen Augen ausgeführt werden, nicht sehen.

Hättest du keinen Geruchs- und Geschmackssinn, könntest du Stinkendes und Übelschmeckendes nicht wahrnehmen.

Doch Halt! Sind wirklich deine Sinne die Verursacher allen Bewertens? Blicken wir mit einem weiteren Beispiel hinter das Vordergründige: Ein Fremdländischer kommt lächelnd auf dich zu, verbeugt sich mehrmals vor dir und spricht mit freundlicher Miene in seiner Muttersprache Worte zu dir, die du zwar hörst, doch nicht verstehst. Sich verbeugend und ohne Unterlass weiter lächelnd entfernt er sich.

Später würdest du deinen Freunden von der Begegnung mit diesem sehr netten Menschen berichten. Dabei hättest du, vom Verstand her, überhaupt nicht erfasst, was er zu dir gesagt hat. Er hätte dich aufs Übelste beschimpfen können! Erkennst du an diesem Beispiel, dass nicht dein Gehörsinn *schuldig* daran ist, wenn der Richter in dir einen Menschen bewertet und verurteilt?

Nein, es ist dein Verstand, der in *Gut* oder *Böse* einteilt! Das, was deine Sinne wahrnehmen, ist nicht gut oder böse, es ist, wie es ist! **Das, was dein Verstand daraus macht, entscheidet darüber, ob du es als positiv oder negativ wertest.**

Ein inneres Bild kann dir dies veranschaulichen: Stelle dir die menschlichen Sinne als Eingangstore vor. Augen, Ohren, Mund, Nase und Haut nehmen die Reize in der äußeren Welt neutral wahr und leiten sie, ohne zu werten, weiter an den Verstand. Bei vielen Menschen wird das Wahrgenommene, wie auf einer Rolltreppe, die mit klebrigem Pech bestrichen ist, sofort zum ‚Gerichtsgebäude' gelenkt, in dem der innere Richter bereits mit dem Gesetzbuch in der Hand wartet. Blitzschnell schlägt er es auf, um in den tausenden Gesetzen, die allesamt ihren Ursprung in der Vergangenheit haben, die Grundlage für seine Bewertung – und sein Urteil zu finden. Fällt es gut aus, signalisiert er dem Verstand: ‚Das ist positiv, das will ich haben!' Fällt es dagegen schlecht aus, lautet die Botschaft: ‚Das ist negativ, das will ich nicht haben!'

Dies alles geschieht so automatisch, so schnell, dass der Mensch gar nicht die Möglichkeit hat, im Augenblick der Gegenwart, in dem sich etwas völlig Neues, noch nie Dagewesenes ereignet, das darin enthaltene Wahre, Heilsame und Göttliche zu erkennen! Vielmehr strebt er, dem inneren Richter folgend und sich an der Vergangenheit orientierend, nach Dingen, die *jetzt* gar nicht erstrebenswert sind.

Oder er lehnt einen Umstand voreilig ab, obwohl er *jetzt* ein großes Geschenk beinhaltet (das nur in dunkles Papier eingewickelt ist oder dessen Überbringer als unsympatisch eingestuft wird).

Eine weitere Möglichkeit droht dem Menschen, mit den Wahrnehmungen der Sinne umzugehen: Er stürzt sich, ohne dass der innere Richter überhaupt zum Einsatz käme, in die Fallgrube der Herzensschmerzen! Hinterlassen manche qualvolle Erlebnisse aus der Vergangenheit doch so tiefe, bittere Eindrücke in ihm, dass ähnliche Vorkommnisse in der Gegenwart die alten Schmerzen wieder aufleben lassen, bestätigen – und verstärken.

Kommt dir meine Beschreibung bekannt vor? Dieses Gefühl des Ausgeliefertseins, das die Frage aufwirft, weshalb du dasselbe immer und immer wieder erleben und durchleiden musst? ‚Warum ich?', will das kleine, menschliche Ich wissen, und braucht einen Schuldigen, um mit dem Schmerz einigermaßen umgehen zu können.

Gibt es denn eine Möglichkeit, dem inneren Richter und der Herzensfallgrube zu entgehen?

Ja! Die Lösung liegt in der Gewissheit, dass das Leben/die Liebe/Gott dich niemals bestraft, sondern dir optimale Möglichkeiten vorlegt, zu wachsen und zu reifen! Du, Seele, bist in dieses Dasein gekommen, um alle diese Möglichkeiten wahrzunehmen!

Ich habe Verständnis dafür, dass dein Verstand meine Aussage sofort in Frage stellt: ‚So dumm kann eine Seele doch nicht sein, sich schmerzhafte und verletzende Umstände aufzuladen! Unfall, Krankheit, Arbeitslosigkeit, Einsamkeit, Naturkatastrophe, Krieg? Wer sollte sich dies freiwillig antun?‘

Oberflächlich gesehen *muss* dein Verstand all das Genannte als schlimm bewerten und alles versuchen, um es abzuwenden oder ihm zu entgehen. Und wo ein Vermeiden nicht möglich ist, zumindest einen Schuldigen benennen, der dafür verantwortlich gemacht und bestraft werden *muss*.

Bleiben wir bei den angeführten Beispielen und sehen sie uns ein wenig genauer an:

Welches Wachstum könnten Unfall oder Krankheit bieten? Überleg dir: Gibt es einen Umstand, der besser geeignet ist, um einen Menschen aus seinem Alltagstrott zu reißen, alles ihm bisher Wichtige in Frage zu stellen und ihn ganz und ausschließlich in den Augenblick der Gegenwart zu zwingen? Alles, was vorher so wichtig erschien, wird unwichtig. Jede Suche und Sucht nach Anerkennung, Schönheit, Reichtum und Erfolg wird nichtig. Es ist kein Platz für Gedanken in die Vergangenheit oder Zukunft. Hier und jetzt ist er zum Annehmen des Umstandes – und zum Handeln gezwungen. Es bleibt dem Kranken oder Verunglückten nur eine einzige Frage, die sich ihm stellt: ‚Was kann ich hier und jetzt tun, um zu überleben?‘

Die Antworten darauf gehen in eine Richtung, die wahrscheinlich völlig neu für den Verunglückten oder Kranken ist. Er wird Menschen begegnen, die er nur auf diesem Wege kennenlernen konnte. Er wird Erfahrungen machen, Erkenntnisse gewinnen, daran wachsen – und mit zeitlichem Abstand schließlich tiefe Dankbarkeit für dieses Geschenk, das sein Leben so verändert hat, empfinden.

Meine Erklärung trifft auf alle zuvor genannten Beispiele von ‚Schicksalsschlägen' zu. Sie ziehen dem Menschen den so vertraut und bequem gewordenen Boden unter den Füßen weg – und zwingen ihn, sich neu zu orientieren. Ich könnte auch sagen: Sie zwingen ihn, weiterzugehen auf seinem Weg des Erwachens und des Erkennens, wer er ist.

Das Leben/die Liebe/Gott lässt keinen einzigen Menschen auf diesem steinigen Weg der Erkenntnis allein. Mehr noch: Gott trägt ihn auf diesem Weg!

Ein wahrhaft göttliches Geschenk dabei ist die Weisheit, die Gott jedem Einzelnen anbietet. Sie ist nicht im Außen zu finden, nicht in klugen Büchern oder durch den Mund von Wissenden. Diese können lediglich Wegweiser und Wegbegleiter sein. Die Weisheit ist ein Geschenk, das im Inneren des Menschen darauf wartet, entdeckt zu werden.

Sie hat ihren Sitz genau in der Mitte zwischen Kopf und Herz, zwischen Verstand und Gefühl. Die Menschen nennen sie auch ‚Vernunft'. Die Weisheit hat nichts mit Wissen zu tun. Wissen ist das, was von außen in den Verstand kommt und dort gespeichert wird. Es ist wie Treibsand, der beständig vom Wind verweht und an anderer Stelle wieder aufgetürmt wird. Würdest du dein Haus auf so unsicherem Grund bauen?

Die meisten deiner Gesetze im Gesetzbuch des Verstandes sind nichts anderes als Wissen, das dir von anderen angeboten – und oft genug aufgedrängt oder untergejubelt wurde. Und darauf baust du das auf, was du ‚Wahrheit' nennst?

Weisheit dagegen ist innere Gewissheit: Gewissheit, die durch eigenes Erleben und daraus erwachsener Erkenntnis entsteht. Ein Beispiel, an das sich jeder Mensch aus eigener, schmerzhafter Erfahrung erinnert: Eltern können ihrem Kleinkind unzählige Male sagen, dass es sich die Finger verbrennt, wenn es der Kerzenflamme zu nahe kommt. Das Kind *weiß* es, doch die *Gewissheit*, dass es so ist, erhält es erst, wenn es sich selbst die Finger verbrannt hat. Nach diesem Vorfall könnten unzählige Menschen behaupten, dass nichts passieren könne, wenn es einer Kerze zu nahe käme. Die Wahrheit durch das eigene Erleben hätte sich im Kind eingebrannt, im wahrsten Sinne des Wortes! **Gewissheit, die aus eigenem Erleben erwächst, steht über jedem Wissen!**

Wundert es dich jetzt noch, dass die meisten Menschen erst durch schmerzhafte Erlebnisse zu Erkenntnis und Weisheit gelangen?

Deine Seele hat sich dieses Dasein nicht gewählt, um Schmerzen zu erleiden, sondern um ihre Flügel wachsen zu lassen. Deine Seelenflügel bestehen aus Liebe und Vertrauen und können nur durch Übungen in ebendiesen beiden Eigenschaften wachsen. Es ist dein Verstand, dein begrenztes, menschliches kleines Ich, das die Anstrengungen dazu als ‚Schmerz' wertet, darunter leidet und sie mit allen Mitteln zu vermeiden sucht.

Zum besseren Verständnis stelle dir ein Fitnessstudio vor: Ein guter Trainer betrachtet sich ein neues Mitglied genau, bevor er einen Trainingsplan erstellt. Verfügt der Übende über kräftige Beinmuskulatur und schwächelt bei den Armmuskeln, so wird der Coach einen Vorschlag ausarbeiten, bei dem durch Krafttraining die Arme gestärkt werden. Es hätte wenig Sinn, ausschließlich bereits bestehende

Muskeln noch weiter zu stählen. Der Übende wird also mit Hanteln beginnen, die wenig Gewicht haben. Das Ergebnis wird ein Muskelkater sein, der einige Überwindung kostet, um ein zweites Mal das Fitnessstudio aufzusuchen. Doch merkt der Trainierende schon bald eine Veränderung! Im täglichen Leben spürt er den Gewinn, und so macht es für ihn Sinn, mit dem Üben fortzufahren, natürlich mit angepasstem, höherem Gewicht an den Hanteln, das der verantwortungsvolle Trainer auflegt.

Ebenso legt dir das Leben genau dort Übungen vor, wo du schwächelst. Soll dein Liebesflügel wachsen? Dann heißen die ‚Hanteln' Verständnis, Geduld, Mitgefühl. Schwächelt dein Vertrauensflügel? Dann werden dir Übungen vorgelegt, die dich mit deiner Angst, Verzweiflung, Minderwertigkeit konfrontieren. Ja, das Leben ist ein wunderbarer Fitnesstrainer … Nimmst du vertrauensvoll die Übungen an, wirst du bald den Sinn darin erkennen – und Nutzen daraus ziehen.

Ein wunderbares Hilfsmittel der Seele ist die Sicht aus der Goldenen Mitte. Ein Ausschnitt aus dem dritten Buch der Jakobus-Geschichte „… der folge MIR nach!"[4] beschreibt es sehr bildhaft. Der Rabbiner Eleasar erzählt darin dem jungen Wandergesellen Jakobus und weiteren Zuhörern, wie er selbst zur Sicht aus der Goldenen Mitte kam:

„Vor vielen Jahren, ich hatte erst kurz zuvor die Berufung zum Rabbiner dieses Ortes bekommen, tauchte eine Gauklergruppe aus einem weit entfernten Land auf. Es herrschte

---

[4] Bezugshinweis, siehe Seite 205.

helle Aufregung, denn die Bewohner konnten mit diesen so fremd anmutenden Menschen nichts anfangen. Und ihr wisst: Alles, was fremd ist, macht den Leuten Angst. So kamen einige Männer zu mir gerannt und baten mich, die Fremden in Augenschein zu nehmen und zu beurteilen, ob sie im Ort geduldet oder davongejagt werden sollten. Unverzüglich machte ich mich auf den Weg zur Ortsmitte, wo zwei kleine Zelte aufgeschlagen waren. Eine größere Menschenmenge hatte sich dort bereits eingefunden. Aufgeregt standen die Bürger in einigem Abstand da, manche hatten eine ablehnende, andere sogar eine bedrohliche Körperhaltung eingenommen. Eine Spannung lag in der Luft, die selbst mich, der ich noch jung an Jahren und unerfahren im Umgang mit Angst und Gewalt war, ergriff. Die Zuschauer machten mir Platz. Noch bevor ich die Zelte erreicht hatte, ertönte eine fremdartige Musik mit Instrumenten, die wir nicht kannten. Und – ich glaubte meinen Augen nicht zu trauen: Hoch aus der Krone des großen Baumes, der heute noch auf dem Platz steht, erschien ein Mann und begann, auf einem dünnen Seil, das zu einem anderen Baum gespannt war, zu laufen! Es war unglaublich, uns stockte der Atem! Was mich am meisten verblüffte, war, dass der Mensch da oben eine lange Stange bei sich trug. Er hatte schon genug damit zu tun, sein eigenes Gleichgewicht zu halten, wieso schleppte er dann noch ein so unhandliches Stück Holz mit sich herum? War er ein Gottesfrevler, der mit seinem Leben spielte? – Mir blieb nichts anderes übrig als zuzusehen. Der Mann war unerreichbar für die verblüfften Beobachter am Boden. Langsam verwandelte sich mein Unverständnis in Erstaunen: Der Fremde hielt die Stange in der Mitte, und jedes Mal, wenn sein Schritt unsicher wurde und es schien, als würde er das Gleichgewicht verlieren und jeden Moment abstürzen, machte er eine fast unmerkliche Bewegung mit seinen Händen, und die Stange, die ich anfangs als Gefahr eingestuft hatte, gab ihm unverzüglich die Balance zurück. Sicher und wohlbehalten erreichte er den anderen Baum, hielt sich an einem starken Ast fest, drehte sich um und verbeugte sich vor uns. Ein lautes Aufatmen aus vielen Kehlen war zu hören, dann ein begeistertes Rufen! Der Gaukler reichte einer Frau, die unter dem Baum stand, die Stange hinunter und kletterte, behände wie eine Katze, am Stamm hinab. Die Musik, die von ein paar halbwüchsigen Kindern auf verschiedenen Instrumenten gespielt wurde, verstummte und der Mann begann, lächelnd und mit geöffneten Händen auf die Zuschauer zuzukommen. Ratlose Blicke trafen mich. Ich sah mich in der Pflicht, den ersten Schritt auf die Fremden zuzugehen. Der Gesichtsausdruck des Mannes war offen und ohne jede Scheu. Er musste mich an meinem Gewand als Rabbiner erkennen, doch er benahm sich mir gegenüber ganz unbefangen. Seine Sprache klang fremd, ich konnte kein einziges Wort verstehen. Was hätte ich ihn auch fragen können? Er machte die Handbewegung des Essens und Trinkens und eine bittende Geste. Nun verstand ich und zeigte mit einer einladenden Handbewegung in Richtung meines Hauses. Dankbar verneigte er sich und rief die Frau und die Kinder zu sich. Meine Landsleute machten eine Schneise für uns frei. Im Weggehen bat ich einige meiner Schüler, auf die Zelte gut Acht zu geben und niemanden hineinzulassen. Da wandte sich der Fremde noch einmal um, schritt eilends zum Baum zurück und nahm die lange Stange an sich. Lächelnd trug er sie an seiner Seite. Wieder hielt er sie in der Mitte.

Vor meinem Hause angekommen lehnte er sie aufrecht an die Wand. Unschlüssig blieb ich daneben stehen. Er sah mich fragend an, bevor er mich mit einer einladenden Handbewegung ermutigte, das Holz zu nehmen. Ich verstand nicht weshalb, doch ohne zu zögern fasste ich die Stange in Brusthöhe und versuchte, sie aufzunehmen. Glaubt mir: So schnell konnte ich gar nicht reagieren, wie die Latte das Übergewicht bekam und auf die Familie des Gauklers zufiel. Lachend sprangen sie zur Seite. Der Seilläufer ergriff belustigt die zu Boden gefallene Stange in der Mitte und kam langsam auf mich zu. Sie schien in seinen Händen fast schwerelos zu sein und war mir vorher doch unglaublich gewichtig erschienen, so sehr, dass ich sie nicht zu halten vermocht hatte. Konnte er auch noch zaubern?

Noch einmal ermutigte er mich, die Stange aufzunehmen. Diesmal war ich klüger. Ich nahm sie ihm direkt aus den Händen und hielt sie an denselben Stellen wie er. Es war erstaunlich: Die Stange schien gar kein Gewicht mehr zu besitzen. Im Gegenteil: Es mutete mir an, als hielte *sie* mich!

Da fiel es mir wie Schuppen von den Augen: Die Mitte der Stange ermöglichte dem Gaukler erst sein eigenes Gleichgewicht! Das Wissen um das Geheimnis der Mitte machte ihn zum Seilläufer! Er las in meinem Gesicht, dass ich erkannt hatte. Wusste er in diesem Augenblick auch, dass ich von nun an in allen Dingen die Goldene Mitte suchen würde? – Jakobus, als ich die Geschichte Jesus erzähl-

te, lächelte er wissend und antwortete: ‚So hat dir unser himmlischer Vater dasselbe Geschenk gemacht wie mir? Ich selbst durfte das Mysterium um die Mitte aller Dinge in einem Boot erkennen. Ich war noch ein Kind, als ich einen Verwandten besuchte, der an einem Fluss wohnte. In einem unbeaufsichtigten Moment stieg ich in sein Boot und löste das Seil, mit dem es am Ufer vertäut war. Die Strömung nahm es sofort mit, und vor lauter Angst klammerte ich mich an die rechte Seite des Kahns. Da neigte er sich gefährlich dem Wasser zu. In großer Furcht warf ich mich auf die linke Seite, doch es geschah dasselbe. Da war es mir, als fordere mich jemand auf, mich in die Mitte des Bootes zu setzen. Ich musste zuerst meine Angst überwinden, denn in der Mitte hätte ich doch nichts, woran ich mich festhalten könnte. Schließlich tat ich es doch, und unverzüglich hörte das gefährliche Schaukeln auf. An der nächsten Biegung des Flusses verfing sich das Boot in einem in das Wasser reichenden Baum, an dem ich mich halten und hinaufklettern konnte. In der Zwischenzeit war mein Onkel auf meine Notlage aufmerksam geworden und befreite mich aus der misslichen Lage. – Siehst du, Eleasar, auf diese Art durfte *ich* das Geheimnis der Mitte erkennen.'
So sprach Jesus damals."

Die Erzählung zeigt, woran sich die meisten Menschen festhalten: an Ängsten, Erwartungen, Enttäuschungen, Schuld. Ist es da ein Wunder, dass sie ins Taumeln geraten und abstürzen? Die Sicht aus der Goldenen Mitte ist wie das Tragen einer Balancierstange beim Gang über das gespannte Seil. Voraussetzung für das Gleichgewicht ist jedoch, dass die Stange genau in der Mitte gehalten wird.

Sehen wir uns den Stab einmal genauer an: An seinem einen Ende steht das Wort ‚positiv', am anderen ‚negativ'. Sobald ein Mensch seine Gewichtung auf eine dieser beiden Enden legt, zieht es ihn in die Tiefe des inneren Unfriedens. Du erinnerst dich: Eine Bewertung geht immer vom Verstand, vom inneren Richter aus und beruft sich auf die Vergangenheit. Deshalb macht die Seele sofort durch innere Unruhe darauf aufmerksam, dass einem so noch nie dagewesenen, noch nie erlebten, einmaligen, nie wiederkehrenden Augenblick ein alter Stempel aufgedrückt wurde, der verhindert, ein göttliches Geschenk zu erkennen. Die erste Reaktion des Verstandes auf die innere Unsicherheit besteht oft darin, unverzüglich nach Schöffen zu suchen, die sein Urteil bestätigen und absegnen. Kommt dir das bekannt vor?

Lass dich ein wenig an eine Begebenheit aus der jüngsten Vergangenheit erinnern: Du hast das Gerücht über eine Bekannte bei der ersten, sich dir bietenden Gelegenheit an andere weitergegeben. Auf das in dir dabei entstehende Gefühl inneren Unfriedens reagiertest du, indem du Bestätigung bei deinen Zuhörern eingefordert hast …

Stell dir nun das straff gespannte Seil des Lebens vor, auf dem du unterwegs bist. Blicke auf die Mitte deiner Balancierstange. Auf ihr steht: **‚Es ist, wie es ist.'** Diese Gewissheit bezieht sich ausschließlich auf von dir **in diesem Augenblick der Gegenwart selbst Erlebtes und mit eigenen Sinnen Wahrgenommenes**! Bist du nicht genug damit beschäftigt, dich auf dein eigenes, sicheres Weitergehen und Erreichen des Zielpunkts zu konzentrieren? Lenkt dich nicht der Blick nach rechts oder links zu anderen Seiläufern nur ab und verunsichert dich? Bleib bei dir!

Im Nichtbewerten, in der neutralen Feststellung dessen, was hier und jetzt geschieht, liegt die einzige Möglichkeit, das innere Gleichgewicht, den inneren Frieden zu bewahren – und so den eigenen Absturz zu vermeiden. Die Feststellung beschreibt so neutral wie möglich den Umstand, die beteiligte Person oder das eigene Verhalten. So schenkt sie die Möglichkeit, alle Chancen, die der Augenblick der Gegenwart bietet, wahrzunehmen, anzunehmen und zu nutzen: zur Freude und zum Wachstum des Einzelnen – und zum Wohle des Ganzen.

Ein kleines, alltägliches Beispiel möge dir dies beweisen: Stell einen Topf kochenden Wassers vor dich hin. Der Richter in dir möchte sofort sein Urteil abgeben. Entweder in Form einer Warnung: ‚Das ist gefährlich, denn daran kann *man* sich verbrühen!' – oder in Form eines Wunsches: ‚Wie wunderbar, jetzt könnte ich eine Tasse Tee aufbrühen.'

Beide Einflüsterungen ziehen dich aus dem Augenblick der Gegenwart heraus, einmal die Angst, das andere Mal der Wunsch.

Die Weisheit bleibt bei der Feststellung: ‚Hier steht ein Topf kochenden Wassers.' In jeder Feststellung ist die

Achtsamkeit des gegenwärtigen Augenblicks enthalten! Sie ermöglicht dir, den darin enthaltenen Nutzen, das Geschenk, zu erkennen und anzunehmen, ohne die Vorsicht auf mögliche Gefahren zu vernachlässigen.

Ein zweites Beispiel: Einen Streit mit einem anderen Menschen wird der innere Richter sofort als schlimm und negativ bewerten – und ein Urteil sprechen. Die Sicht aus der Goldenen Mitte dagegen lässt die Feststellung zu: ‚Wir beide sind unterschiedlicher Meinung. Ich versuche, die Sichtweise des anderen zu verstehen, ohne mir selbst untreu zu sein.' Und schon wäre dem Seelenflügel der Liebe eine weitere Feder gewachsen – und hätte ihn tragfähiger gemacht.

Merke dir: Eine Bewertung erkennst du am inneren Unfrieden. Hinter ihrer Formulierung steht ein Doppelpunkt, der nach Bestätigung verlangt und weitere Energie von dir einfordert. Eine Feststellung dagegen erkennst du am inneren Frieden, denn hinter ihr steht ein Punkt, der dich bereit macht für die optimalste Reaktion auf die Situation. So zu *re*-agieren ist zu vergleichen mit der richtigen Handhabung einer Balancierstange, die sicheres Weitergehen ermöglicht.

Das Handeln aus der Goldenen Mitte heraus schenkt dir inneren Frieden und lässt in dir immer mehr die göttlichen Eigenschaften der Liebe und des Vertrauens wachsen. Du erinnerst dich: Deine Seelenflügel bestehen aus Liebe und Vertrauen! Breite sie aus, gebrauche sie! Dann kannst du bald ganz auf den Gleichgewichtsstab verzichten. Und deine Hände sind frei, um die Geschenke anzunehmen, die das Leben/die Liebe/Gott dir anbietet! Freue dich auf die Zeit, in der du dir keine Gedanken mehr zum Vermeiden von Bewertungen und Verurteilungen zu machen brauchst, sondern ganz selbstverständlich und unmittelbar im Augenblick der Gegenwart lebst und liebst.

Der nachfolgende Segen darf dir auf humorvolle Weise die Goldene Mitte nahebringen:

**„Gesegnet bist du mit der Freude, die ein Regenwurm über den Regen empfindet.**

**Gesegnet bist du mit der Freude, die ein Schmetterling über den Sonnenschein empfindet.**

**Gesegnet bist du mit der Freude und Dankbarkeit, die eine Amsel über den Regen und den Sonnenschein, über den Regenwurm und den Schmetterling empfindet – denn sie erkennt in allem das Nahrhafte.“**

## Das Geheimnis der geöffneten Hände

Wirf einen Blick auf deine Hände: Sind sie hier und jetzt geöffnet und leer? Falls nicht, kannst du sie problemlos und schnell von allem Materiellen freimachen.

Meine Frage zielt jedoch auf etwas anderes ab: Halten deine Hände vielleicht eine Schuld fest? Schließ doch deine Augen und fühle hinein: Hast du in den zurückliegenden Stunden einen anderen Menschen – oder sogar dich selbst – eines Vergehens oder eines Versäumnisses beschuldigt? Dann leg diese Schuld jetzt in die Hände eines Größeren. Zögerst du? Hast du Sorge, sie könnte dir davonlaufen? Du kannst gerne nach dem Lesen meiner folgenden Erklärungen nachschauen, was aus ihr geworden ist …

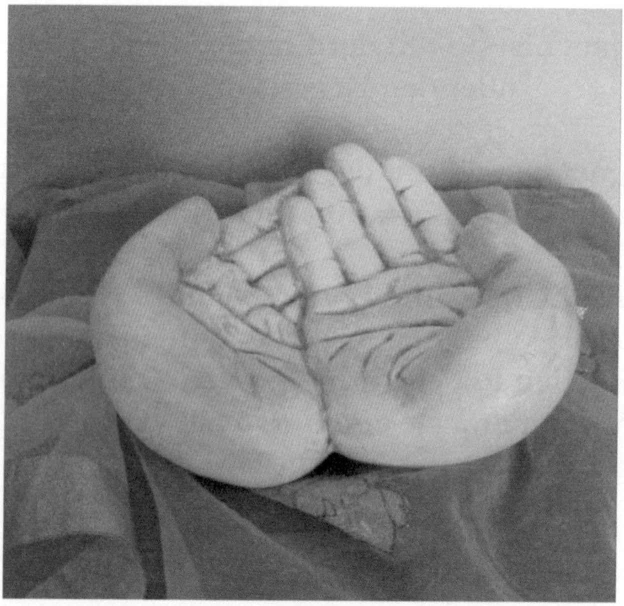

Schließe deine Augen noch einmal und fühle hinein, ob du in deinen Händen eine Angst festhältst. Vielleicht die Angst vor Krankheit, vor dem Verlust eines geliebten Menschen, vor Arbeitslosigkeit, vor einer ungewissen Zukunft? Dann leg auch diese Angst, für den Zeitraum unseres Dialogs, in die großen Hände. Sie sind dort gut aufgehoben – und wer weiß? Vielleicht sind sie nach unserem Gespräch nicht mehr da? Wäre das so schlimm für dich?

Schließ ein weiteres Mal deine Augen und fühle in deine Hände, ob sie eine Erwartung, einen Wunsch, eine Hoffnung festhalten. Vielleicht das Bestreben nach Erkenntnis, nach Erleuchtung? Vielleicht auch einen materiellen oder ideellen Wunsch? Leg auch sie in das göttliche Händepaar. Du kannst sie am Ende unseres Gesprächs, falls sie dir nachher noch erstrebenswert erscheinen, wieder zurückholen.

Fühl nun ein drittes Mal mit geschlossenen Augen in deine geöffneten Hände …

Warm fühlen sie sich nun an, weit, und bereit zum Annehmen – und Loslassen.

Doch was *willst* du überhaupt annehmen? Das, was sich dein Verstand am sehnlichsten wünscht? Allein beim Gedanken daran krallen sich deine geöffneten Hände um einen Wunsch! Was *willst* du auf keinen Fall annehmen? Das, was dein Verstand ablehnt und als negativ bezeichnet? Deine Hände schließen sich sofort aus Angst vor dem Bösen. Und was *willst* du auf gar keinen Fall loslassen? Das, was dein begrenzter Verstand als positiv wertet und noch ganz lange behalten möchte? Auch in diesem Fall verkrampfen sich deine Hände, um das ‚Gute' festzuhalten.

Du siehst: Es ist gar nicht so einfach für dich, deine Hände geöffnet zu halten. Denn dies setzt eine ganz bestimmte Grundeinstellung voraus: Vertrauen!

Vertrauen in was oder wen? Ist dein Vertrauen nicht schon allzu oft enttäuscht worden? Sobald du erkennen kannst, dass das, was du bisher ‚Vertrauen' nanntest, diesen Namen gar nicht verdient, kommst du dem Geheimnis der geöffneten Hände schon ein großes Stück näher.

Zum besseren Verständnis nehme ich eine frühere Erklärung, die im Buch „Choreografie des Göttlichen Tanzes" veröffentlicht ist, zu Hilfe[5]:

„Weißt du, dass es in der ganzen Materie nichts und niemanden gibt, dem du vertrauen könntest?

Weißt du, dass es in der ganzen Materie nichts und niemanden gibt, der untreu sein könnte?

Verwirren dich meine scheinbar so gegensätzlichen und unvereinbaren Aussagen? Ziehen sie dir gefühlsmäßig den Boden unter den Füßen weg? Scheint es dir ungeheuerlich, was ich da behaupte?

Das hieße ja, du könntest weder deinen Eltern, noch deinem Partner, noch deinen Kindern, noch deinen besten Freunden dein Vertrauen schenken! Wenn dies aber nicht möglich sein sollte, wie komme ich dann zu der Behauptung, niemand könne untreu sein?

Hast du dir schon einmal klar gemacht, was du unter Vertrauen überhaupt verstehst? Auch dies ist eines der Gedan-

[5] Bezugshinweis, siehe Seite 206.

kenmuster, die du von deinen Vorfahren übernommen hast, ohne sie je in Frage zu stellen.

Vertrauen ist für dich, dass sich ein Mensch, ein Umstand, eine Sache so verhält, wie du es von ihm oder ihr erwartest. Das ist überhaupt kein Vertrauen, sondern es sind immer Erwartungen! Sei ehrlich:

Wenn du zu deinem halbwüchsigen Kind sagst: ‚Ich vertraue dir, dass du deine Finger von den Zigaretten, dem Alkohol und den Drogen lässt und heute Abend pünktlich heimkommst!', dann meinst du in Wirklichkeit: ‚Ich erwarte von dir, dass du …!'

Wenn du zu deinem Partner, zu deiner Partnerin sagst: ‚Ich vertraue dir, dass du mir treu bist', dann solltest du ehrlicherweise sagen: ‚Ich erwarte von dir, dass du mir treu bist.'

Wenn du über deinen Arbeitgeber denkst: ‚Ich vertraue ihm, dass er meine Ehrlichkeit, Loyalität und Zuverlässigkeit schätzt und ich meinen Arbeitsplatz behalten kann', dann meinst du: ‚Ich erwarte von ihm, dass …'

Und wenn du zu einer Mitarbeiterin sagst: ‚Ich vertraue Ihnen diese anspruchsvolle Arbeit an', dann wäre der Satz ehrlicher: ‚Ich erwarte von Ihnen, dass Sie diese Arbeit fehlerfrei abliefern!'

Auch das Vertrauen, das du deinem Arzt oder Heilpraktiker, einem Heilstein, einem Medikament, einer Heilmethode entgegenbringst, ist nichts anderes als eine Erwartung.

Was geschieht aber, wenn diese Erwartung enttäuscht wird? Du fühlst dein Vertrauen missbraucht und schiebst die Schuld für dein Unglücklich-Sein dem offensichtlichen Verursacher in die Schuhe.

Ebenso verhält es sich mit dem Vertrauen, das du dir selbst schenkst: ‚Ich vertraue mir, dass ich diese Diät einhalte.' Auch dies ist eine Erwartung, und der Richter in dir, der dich beim Scheitern auf die Anklagebank setzt und verurteilt, ist erbarmungslos und ohne Gnade.

Nun zu meiner zweiten Behauptung, dass nichts und niemand in der Materie je untreu sein könnte: Kann nicht jeder Mensch, jedes Tier, jeder Stein, jede Pflanze, ja – alles Materielle nur immer sich selbst treu sein? Seinem Wesen, seinem augenblicklichen Entwicklungs- und Bewusstseinsstand?

Lass mich ein Beispiel erzählen: Du könntest ein Löwenjunges sofort nach seiner Geburt zu dir nehmen, es mit der Flasche großziehen, es in deinem Bett schlafen lassen. Es würde dir wahrscheinlich auch als erwachsenes Tier auf Schritt und Tritt – und aufs Wort folgen. Voller Überzeugung würdest du wahrscheinlich behaupten, dass dir das Tier niemals etwas zuleide tun könnte. Doch eine einzige, unglückliche und unvorsichtige Bewegung, ein Stolpern von dir – und der Löwe würde dich anfallen und schwer verletzen.

Hätte er damit dein Vertrauen missbraucht? Nein, nur eine folgenschwere Erwartung, die du in ihn gesetzt hättest, auf schmerzhafte Art entlarvt. Er wäre seinem Wesen treu geblieben, und vom Wesen her ist ein Löwe ein Raubtier, egal, was du in ihm gesehen hättest.

Wem aber kannst du dann vertrauen? Ist ein Leben ohne Vertrauen überhaupt möglich? Nein, denn ohne Vertrauen versinkst du in einem Sumpf der Angst. Mit Erwartungen, die ständig enttäuscht werden, landest du aber in demselben Sumpf, denn der Schlamm dort besteht zur Hälfte auch aus Schuld, die du unweigerlich anderen gibst, die dich scheinbar so enttäuscht haben.

Wo ist die Lösung? Es gibt eine einzige Macht, der du bedingungslos vertrauen kannst: Der Liebe, dem Leben, Gott – und da deine Seele ein untrennbarer Teil Gottes ist, auch deiner Seele.

Sie ist es, die in völligem Eins-Sein mit Gott vor der Zeit die Daseinspläne aller deiner Leben in allen Einzelheiten konstruiert hat. Jede Begegnung, jeder Umstand, alles in der Bewertung deines Verstandes Schöne ebenso wie das Schwere – all dies von Gott schließlich Genehmigte, erlebst du nun in den Inkarnationen. Deine Seele teilt nicht ein in ‚gut' oder ‚böse', in ‚schön' oder ‚fürchterlich', in ‚positiv' oder ‚negativ', sondern allein in ‚heil' und ‚heilungsbedürftig', in ‚Gottesnähe' und ‚Gottesferne'. Und jede Lebensplanung hat nur das eine Ziel, heil, ganz und göttlich zu sein."

Das Leben/die Liebe/Gott legt nun in Seine Hände, in die du vorhin deine scheinbaren Schulden, deine Ängste und deine Wünsche hineingelegt hast, etwas anderes dazu:

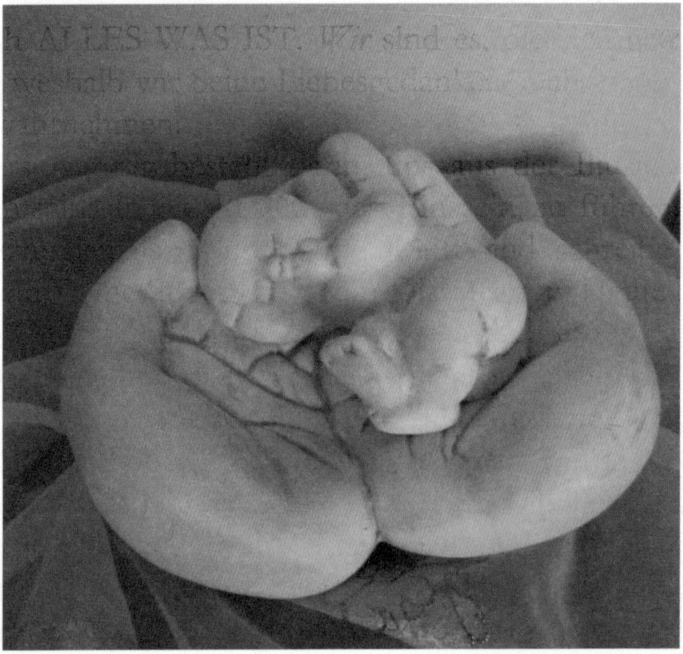

Berührt dich dieses Bild? Mehr noch als das Bild der leeren, geöffneten Hände? Ich spreche aus, was du fühlst: Gibt es etwas Verletzlicheres als ein Neugeborenes? Kannst du dir etwas Behütenderes für ein Neugeborenes vorstellen als liebende Hände, die es tragen?

Ich durfte für dich das Kind stellvertretend für *Vertrauen* in die geöffneten Händen legen. Wessen Vertrauen? **Es ist das Vertrauen, das Gott sich selbst in dir schenkt!**

Ist es für dich wirklich so schwierig, dieses wahrhaft göttliche Geschenk anzunehmen? Was hindert dich daran?

Sobald du dir den Unterschied zwischen einem Neugeborenen und einem erwachsenen Menschen bewusst machst, kommst du der Antwort näher. Ein Neugeborenes hat noch keinen ‚Verstand', der in gut oder böse einteilt, es lebt völlig im gegenwärtigen Augenblick und *re*-agiert auf das Leben. Könnte es sonst den für einen Erwachsenen unvorstellbar anstrengenden, ja traumatischen Geburtsvorgang überleben, ohne aus Angst zu sterben?

Welche Kraft ließ *dich* aus der Enge des Mutterleibs unbeschadet in die äußere Welt kommen? Es war das Vertrauen in das Leben, in die Liebe, in Gott. Es war das Vertrauen, das Gott sich selbst schenkt! Du hast damals nichts hinterfragt, nichts bewertet, nichts verurteilt. Du lebtest den Namen Gottes: ICH BIN DA. Wie lange gelang dir dies? So lange, bis du anfingst, Worte zu verstehen, die die Erwachsenen in deinem Umfeld zu dir sprachen. Du hörtest sehr oft Sätze, welche die Worte ‚will' und ‚muss' beinhalteten … Damit begann die Zeit der Angst, der Wünsche, der Bewertungen.

Kennst du den Ausdruck ‚Engellächeln', wenn Erwachsene vor einem Neugeborenen stehen und berührt sind vom seligen Gesichtsausdruck des Kleinen? Dabei hat das Kind vom Verstand her gesehen doch überhaupt keinen Grund zum Lächeln! Es ist abhängig vom Wohlwollen anderer Menschen, abhängig von äußeren Umständen, die über Wohl und Wehe, über Leben und Tod entscheiden. Und trotzdem lächelt es? Ist es der irdischen Welt noch so fremd? Weltfremd? Ja, fremd der Welt mit ihren Wünschen und Ängsten. Es ist Gott nah und noch ganz geborgen im Vertrauen Gottes. Ist es ein Wunder, dass Erwachsene, die vor ihm stehen, das Kleine so gerne als ‚Engelchen' bezeichnen?

Den Unterschied zwischen einem Engel und einem Menschen kann ich dir mit vier Worten erklären: „Engel danken, Menschen bitten."

Um die Grundeinstellung der Dankbarkeit leben zu können, ist Vertrauen Voraussetzung. Bestimmt verstehst du mich besser, wenn ich dir mein ‚Engelgebet' nahebringe:

**„Vater, ich danke Dir,**
**dass Du mir auch heute**
**alles gibst, was ich brauche,**
**und alles nimmst,**
**was mich belastet."**

Diese wenigen Worte drücken völliges Vertrauen – und mit ihm völlige Hingabe an das Leben/die Liebe/Gott – aus. Morgens beim Erwachen mit geöffneten Händen gesprochen, ist seine Gewissheit ein Segen, der dich durch den ganzen Tag begleitet, mehr noch, trägt!

Was verhindert bei den meisten Menschen das Annehmen dieses göttlichen Segens? Was ist die Ursache, dass es ihnen viel leichter fällt, in der Einstellung des Bittens und Wünschens zu verharren?

Lass uns den Wünschen einmal auf den Grund gehen: Der Mensch wünscht sich etwas, das er im Augenblick nicht besitzt, von dem er aber glaubt, dass er viel zufriedener und glücklicher wäre, wenn er es bekäme. Davon ist er so sehr überzeugt, dass er nicht nur seine Energie in das Erreichen steckt, sondern oft sogar Gott um die Erfüllung des Wunsches bittet. Sein Denken ist also in die Zukunft gerichtet, und allein dies verhindert die Dankbarkeit und Zufriedenheit für das, was er hier und jetzt besitzt.

Gehst du in deinen Überlegungen noch ein Stück tiefer, dann wirst du mir Recht geben, dass ein Wunsch in Wirklichkeit Mangeldenken ist! Und in letzter Konsequenz ist ein Wunsch, auch wenn er als Bitte ausgesprochen wird, Misstrauen in Gott, in das Leben, in die Liebe.

Urheber des Misstrauens ist das Ego des Menschen. Im Gegensatz zu einem Neugeborenen, das noch völlig eins *ist* mit dem Leben und in jedem einzelnen Augenblick der Gegenwart das göttliche Geschenk annimmt, *will* der *denkende* Mensch sein Leben selbst bestimmen und es so angenehm wie möglich gestalten.

Anhand eines Geduldsspieles, das viele Menschen, egal ob jung oder alt, fasziniert, erkläre ich dir, weshalb der menschliche Verstand sich so schwer tut, einfach nur zu *sein* und auf den Augenblick der Gegenwart zu *re*-agieren:

Was ist Voraussetzung, damit das zugegebenermaßen mühsame Zusammensetzen eines Puzzles Sinn und Spaß macht und zu einem Erfolgserlebnis führt? Die Antwort ist einleuchtend: Es ist erforderlich, dass ursprünglich ein ganzes Bild vorhanden ist und nach dem Stanzen alle Teile vorliegen! Würde der Hersteller von Puzzles viele verschiedene Bilder gleichzeitig stanzen und die entstandene Mischung hundertgrammweise abpacken und verkaufen, könnte er sehr schnell Konkurs anmelden … Das Spiel ergäbe keinen Sinn, es führte anstatt zu einem Erfolgserlebnis zu Frust.

Übertrage das Bild des Puzzles nun auf dein Leben. Deine Seele ‚malt', in völligem Einssein mit Gott, ein Seelenbild, in allen Einzelheiten. Es ist optimal! Es ist perfekt! Es ermöglicht dir größtmögliches Seelenwachstum! Das ‚Problem' ergibt sich erst bei deinem Eintritt in die Materie. Die Zeit ist wie eine große Stanzmaschine, die das vollkommene Seelenbild in so viele Einzelteilchen stanzt, wie du Augenblicke erlebst. In jedem einzelnen Moment deines Lebens bekommst du ein Puzzleteilchen geschenkt. Dein Verstand sucht nun die passende Stelle. Da er zum Zeitpunkt des ‚Malens' ja noch gar nicht existierte und so das fertige Bild nicht kennt, ist er oft irritiert und verzweifelt, weil das Erhaltene für ihn keinen Sinn ergibt.

Beim realen Puzzeln kommt es oft vor, dass an verschiedenen, noch unzusammenhängenden Stellen einzelne Teile zusammengefügt werden. Erst nach und nach wachsen sie aufeinander zu – und lassen immer mehr eine Ahnung des kompletten Bildes entstehen.

Ebenso verhält es sich beim Zusammensetzen deines Seelenbildes. Dein Verstand erschwert das Erkennen des Lebenssinnes durch sein Begrenzt-Sein oft gewaltig! Er setzt dem Seelenbild nur zu gerne ein Wunschbild gegenüber und versucht, die ihm zur Verfügung gestellten Puzzleteilchen nach seinen Vorstellungen einzufügen. Da kann es schon vorkommen, dass er in einem erhaltenen Teilchen den ‚Traumpartner' sieht und es unbedingt an die entsprechende Stelle des Puzzles einfügen *will*. Du weißt ja: mit etwas Nachdruck gelingt dies auch. Dass sich dabei die Kanten ein wenig umbiegen, nimmt er gerne in Kauf. Die rosarote Brille hilft ihm dabei …

Irgendwann darf er sich dann eingestehen, dass es an dieser Stelle einfach nicht weitergeht: nichts passt mehr. Spätestens jetzt nimmt er das eingepresste Stück wieder heraus, glättet die umgebogenen Kanten und sucht den richtigen Platz. Passt es nicht perfekt in die leere Stelle des ‚Lehrers in Sachen Selbstachtung, Selbsttreue, Selbstvertrauen'? Und plötzlich geht das weitere Zusammensetzen wie von selbst…

Noch eine andere Gefahr besteht beim Puzzeln: der Versuch des Einmischens und der Rat-‚schläge' beim Zusammensetzen der Bilder nahestehender Menschen! Da kommt es schon vor, dass eine Mutter in das Seelenbild ihrer Tochter eingreifen *will* und deren neuen Freund am liebsten ‚unter den Tisch fallen lassen möchte'. Wie gut, dass das Leben/die Liebe/Gott dies nicht zulässt!

Wie kann ein Mensch glauben zu wissen, was einem anderen gut täte, was ein anderer bräuchte oder tun sollte? Ist nicht jeder Einzelne vollauf damit beschäftigt, sein eigenes Leben zu leben? Stell dir dein Seelenpuzzle in der Größe eines DIN-A-3-Bogens vor. Du hast erst einen Teil davon zusammengesetzt, den dein Verstand ‚Vergangenheit' nennt. Das kleine Teilchen, das du hier und jetzt vom Leben in die Hand bekommst, bezeichnet er als ‚Gegenwart'. Die noch auszufüllende Fläche benennt er als ‚Zukunft'. Vieles davon ist für ihn noch schleierhaft, macht ihm Angst oder erweckt Wünsche. Dieses Bild, das *dein* Leben ausmacht, ist wiederum nur ein winziges Teilchen des unvorstellbar großen Puzzles der Menschheitsgeschichte. Bildhaft gesprochen ist es tausende Meter hoch und ebenso breit. Und es ist ebenso unvollständig zusammengesetzt wie dein eigenes. Milliarden Menschen vergangener Generationen arbeiteten daran – und Milliarden Menschen mühen sich auch in diesem Augenblick damit ab. Glaubst du wirklich, der begrenzte Verstand eines einzelnen Menschen könnte diese Dimension je erfassen? Er kann es nicht einmal erahnen!

Meine Erklärungen sind für den Verstand unannehmbar. Ich kann seinen empörten Einwand wahrnehmen: ‚Das hieße ja, dass ich überhaupt keinen Einfluss auf mein Leben habe! Dass ich völlig einem Plan ausgeliefert bin, den ich nicht kenne! Dabei heißt es doch, Gott habe dem Menschen den freien Willen gegeben!'

Ich widerspreche dem Einwand betreffend des freien Willens gar nicht! Ich stelle lediglich eine Gegenfrage: ‚Wessen freier Wille? Der des begrenzten menschlichen Verstandes? Oder der freie Wille der Seele, die eins ist mit Gott?'

Das Leben/die Liebe/Gott ist ein wunderbarer Regisseur, der sein ‚Lieblingsstück', die Geburt des Christus, wahrhaft göttlich umsetzt – und die Rollen dazu perfekt verteilt. Jede einzelne Seele ist eingebunden und bereit, ihren Part zu übernehmen. Ein Beispiel vermag deinen Verstand ein wenig zum Nachdenken anzuregen: Ein weltlicher Regisseur studiert sein Lieblingsstück mit Schauspielern ein, die er sorgfältig ausgewählt hat und die dankbar und begeistert sind, mitzuspielen. Was wäre, wenn sich bei der Premiere auch nur ein einziger Schauspieler entschließen würde, aus seiner Rolle zu fallen, selbst erfundene Sätze zu sprechen, nach seinem Willen zu agieren – und so auf der Bühne völlig unvorhersehbare, unbeherrschbare Situationen herbeiführte? Wahrscheinlich würden die anderen Mitspieler verzweifelt versuchen, durch Improvisation das Stück wieder in die vorgesehene Spur zu bringen. Das egoistische Verhalten des einen würde jedoch über kurz oder lang dazu führen, dass ein heilloses Durcheinander und Ratlosigkeit unter den Mitwirkenden entstünde – und der Regisseur schließlich den Vorhang senkte …

Das Zulassen, dass ein Größerer als der begrenzte menschliche Verstand das Leben in der Hand hat – in der Gewissheit, dass es gelingt – führt einen Menschen in das, was wirklich ‚Vertrauen' bedeutet. Es ermöglicht, hinter das Geheimnis der geöffneten Hände zu kommen.

Ist es *dir* möglich, für einen einzigen Tag probeweise diese Sicht einmal zuzulassen? Ohne jede Erwartung das anzunehmen, was das Leben dir vorlegt? Jeden einzelnen Augenblick als ein Geschenk zu sehen? Deiner Seele Vertrauen zu schenken, dass alles, was geschieht, weltweit und zu jeder Zeit, nur dem einen Zweck dient, dich wachsen und reifen zu lassen? Und mit dir alle daran beteiligten Seelen?

Was hast du zu verlieren? Nur die Angst vor der Zukunft!

Was könntest du dadurch gewinnen? Die Fülle des göttlichen Augenblicks!

Bis jetzt verhältst du dich oft wie jemand, der vergessen hat, dass er vor einiger Zeit im Versandhaus etwas Wichtiges bestellt hat. Ist es da ein Wunder, wenn du die Annahme eines Pakets verweigerst und dem Auslieferer einfach nicht öffnest? Er wird wieder klingeln … Vielleicht erinnerst du dich dann an die Order? Falls nicht: Irgendwann wirst du das Abgelehnte schmerzlich vermissen – und bei weiteren Auslieferungen achtsamer sein.

Noch ein kleiner Hinweis von mir: Das Leben liefert oft Zutaten in Etappen – und keine Fertiggerichte, wie es der Empfänger gerne hätte. Manchmal dauert es ein Weilchen, bis ein Mensch aus dem nach und nach Gelieferten durch eigenes Bemühen ein Ganzes fertigen kann …

Ein wunderbares Hilfsmittel, um die Hände geöffnet zu halten, ist die Dankbarkeit. Sie macht dir bewusst, wie gesegnet du bist, und hält den Raum der Gegenwart für dich offen. Auch hier wird dein Verstand oft und gerne Veto einlegen: ‚Soll ich etwa für Krankheit dankbar sein?‘ ‚Soll ich mich dafür bedanken, dass ich arbeitslos geworden bin?‘

Diese Gedanken entspringen der Bewertung: Krankheit und Arbeitslosigkeit sind negativ! Deine Seele sieht in beiden eine Wachstumsmöglichkeit, die du vom Verstand her nur durch Gedanken der Dankbarkeit erkennen kannst: ‚Ich bin dankbar, dass ich die Kraft habe, den Weg des Heilseins zu gehen.‘ Durch diese Einstellung zeigen sich Wege, die im Kampf *gegen* die Krankheit nie zu finden sind!

‚Ich bin dankbar, dass ich die Möglichkeit habe, meinen Selbstwert und mein Selbstbewusstsein durch die Suche nach neuen Herausforderungen wachsen zu lassen.‘ Durch diese Einstellung werden Türen geöffnet, die dir beim Verbleiben am alten Arbeitsplatz verschlossen blieben.

Vertrauen in die Vorsehung deiner Seele zu haben, bedeutet nicht, die Hände in den Schoß zu legen, nichts zu tun und darauf zu warten, dass dir die gebratenen Tauben in den Mund fliegen. Es bedeutet vielmehr, alle deine Sinne und deine Hände geöffnet zu halten für das Geschenk des gegenwärtigen Augenblicks – mögen auch manche dieser Geschenke dunkel verpackt sein … Es lohnt sich, auch solche Präsente im Vertrauen auf den Absender anzunehmen, auszupacken und genauer anzuschauen.

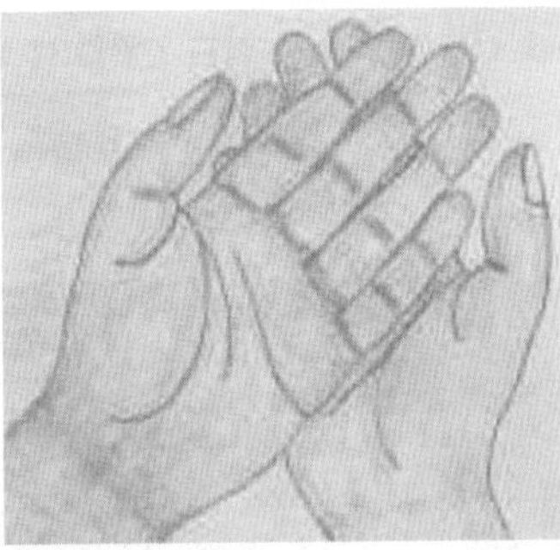

Fühle noch einmal in deine geöffneten Hände … Wie fühlen sie sich an? Warm, weit und bereit? Wirf doch einen Blick auf die Stelle, an die du zu Beginn meiner Erklärungen deine Schuld, deine Ängste und Erwartungen abgelegt hast. Wundert es dich, dass nichts mehr davon daliegt? Es waren allesamt Illusionen, die sich durch meine Worte in

Nichts aufgelöst haben – und so Platz schaffen für das Vertrauen. Ist es nicht wunderbar, dass dein Verstand bereits anfängt, einen Teil seines begrenzenden Denkens loszulassen und Gefallen an der Vorstellung zu finden: ‚Alles, was ich brauche, um meinen Weg gehen zu können, bekomme ich zur rechten Zeit. Alles, was mich daran hindern könnte, meinen Weg zu gehen, wird mir zur rechten Zeit genommen.'

Ich füge dem hinzu: ‚Gesegnet bist du, denn du gehst deinen Weg.'

Dies ist im Übrigen ein wunderbarer Schlüsselsatz, der dir auch dann hilft, gelassen und vertrauensvoll zu bleiben, wenn du dir Sorgen um einen Menschen machst, der dir nahesteht:

**„Gesegnet bist du, denn du gehst deinen Weg."**

**Eine kleine Zusammenfassung zum Thema:**

Wenn du dich für den Weg des bedingungslosen Vertrauens in das Leben/die Liebe/Gott entscheidest, dann erinnere dich:

Es ist immer der begrenzte menschliche Verstand, der dir Wünsche vorlegt. Wünsche locken dich in die Welt der Illusionen, in der die Unzufriedenheit und Undankbarkeit wohnen.

Es ist immer der begrenzte menschliche Verstand, der Dinge in gut oder böse einteilt, der das Gute ‚will' und das Böse ‚loshaben will'. Die Münze der Illusionen hat zwei Seiten: Wünsche und Angst. Du kannst jeden Wunsch genauso gut als Angst formulieren: „Ich wünsche mir, meinen Arbeitsplatz behalten zu dürfen." „Ich habe Angst davor, entlassen zu werden."

Du hast von Gott/vom Leben/von der Liebe die Garantie, dass du, Seele, alles zur rechten Zeit bekommst, was du zum Wachsen brauchst. Und du kannst darauf vertrauen, dass dir alles, was dich in deinem Seelenwachstum hindern würde, genommen wird.

Offene Hände zu haben heißt nicht, nichts mehr selbst zu tun und nur zu warten, bis dir die gebratenen Tauben in den Mund fliegen. Es bedeutet vielmehr, nach allen Richtungen offen zu sein und ‚hinter' die Dinge zu sehen. Dies ermöglicht dir, in allem, was das Leben dir schenkt, Bausteine für deine Treppe zum Himmel zu erkennen, und nicht, wie dein Verstand dir gerne weismachen will, Stolpersteine, die dir andere in den Weg gelegt haben.

Vor allem aber – denke daran: Jedes ‚Ich will' und jedes ‚Ich muss' gehen vom kleinen menschlichen ‚Ich', vom Ego, aus.

Jedes ‚Ich bin' und jedes ‚Es ist' sind göttlich und lassen deine beiden Seelenflügel, die aus Liebe und Vertrauen bestehen, wachsen. Sie entscheiden darüber, wie sicher du über das gespannte Seil des Lebens gehst.

## Die Energie der Angst umwandeln in Kraft

Hast du dir schon einmal bewusst gemacht, wie viel Energie in der Angst steckt – oder besser gesagt, von der Angst geschluckt wird? Ja, die Angst wächst durch *deine* Lebensenergie und wird immer stärker und größer … Es ist an der Zeit, diesen Energiefresser genauer anzuschauen:

Im Kapitel „Das Geheimnis der geöffneten Hände“ habe ich die Angst als Illusion bezeichnet. Mit meiner nächsten Aussage werde ich präziser: Der Grund für die Angst ist Illusion! Das Gefühl der Angst ist sehr wohl Realität!

Sehen wir uns zunächst die Auswirkungen auf der Verstandes- und Gefühlsebene an. Angst löst im Menschen entweder Panik mit Fluchtgedanken aus, Lähmung mit völliger Handlungsunfähigkeit – oder Aggression. Körperlich ist von Herzrasen über Schweißausbrüche bis hin zur Ohnmacht alles möglich. Das ist Realität!

Kennst du das Sprichwort ‚Starr vor Angst sein wie ein Kaninchen vor der Schlange‘? Dabei hat das Tier gar keine Angst im menschlichen Sinn. Solange die Schlange weit genug entfernt ist, sucht das Kaninchen sein Heil in der Flucht. Ist ihm dies nicht mehr möglich, bringt es sein Überlebensinstinkt dazu, sich völlig bewegungslos zu verhalten. Das gefährdete Tier *re*-agiert entsprechend der Situation.

Wie verhält sich dagegen ein Mensch, der Angst verspürt? Was – oder wer – genau ist es, der plötzlich alle Energie für sich beansprucht? Lass mich wieder zu einem Bild greifen, um es dir deutlich zu machen:

Stell dir vor, du bist der Besitzer eines wunderschönen, kraftvollen Pferdes. Schließ deine Augen und schau es dir genau an. Sein Aussehen, seine schier unbändige Energie, sein Bereitsein zum Losgaloppieren …

Setz dich nun in den Sattel deines Pferdes, spür die Stärke und Begeisterung des Tieres unter dir, freu dich auf die Wegstrecke, die ihr gemeinsam zurücklegen könnt …

Blicke nach rechts, um dort den Eigentümer des Pferdes zu sehen. Gelassen steht er dort, denn *er* ist es, der dir dieses Reittier zur Verfügung gestellt hat. *Er* ist es, der dich gut auf dieses Rennen vorbereitet hat. Und *er* ist es, der die absolute Gewissheit besitzt, dass du das Ziel erreichst! Seine Miene verrät absolutes Vertrauen, in sich selbst, in dich, dein Pferd, deinen Weg …

Blicke nun nach links: Direkt neben dem Pferd steht ein Stallknecht. Schau ihn dir genau an: Welche Kleidung trägt er? Arbeitskleidung oder feines Gewand? Wie ist seine Haltung? Dienend oder überheblich? Wie verhält er sich dem

Pferd gegenüber? Fürsorglich oder autoritär? Und die wichtigste Frage: **Wer von euch beiden hat die Zügel in der Hand?** …

Du bist gefühlsmäßig in mein inneres Bild eingestiegen? Das ist gut so! Lass dir nun erklären, was es mit meiner Beschreibung – und mit deiner Innenschau auf sich hat:

Der stolze Reiter bist du, genauer gesagt: deine Seele! Im Einssein mit Gott hast du dir genau dieses Fortbewegungs‚mittel' ausgewählt, hast den Weg selbst abgesteckt, die Hindernisse aufgebaut – in der Gewissheit, für den Eigentümer des Pferdes und für dich selbst das Ziel zu erreichen.

Das Pferd ist Sinnbild für die Lebensenergie deines Menschseins. Es ist *die* Kraft, die das Leben/die Liebe/Gott dir, Seele, für dieses Dasein zur Verfügung stellt.

Nun weißt du auch, wer der Eigentümer des Pferdes ist: das Leben/die Liebe/Gott.

Doch wer ist dann der Stallknecht, der sich dir gegenüber auf so unterschiedliche und gegensätzliche Art verhalten kann? Der dir nur allzu gern die Zügel aus der Hand nimmt? Solltest du ihn in der Innenschau in Stallgewand wahrgenommen haben, fürsorglich dem Pferd und dienend dir gegenüber, dann steht er stellvertretend für deinen Verstand. Denn den hat dir Gott gegeben, um den Sinn deines Lebens zu verstehen, den ausgewählten Lebensweg zurücklegen zu können – und zu erkennen, wer du bist.

Stand der Stallbursche dagegen im feinen Gewand neben dir und hatte dir bereits in die Zügel gegriffen oder sie ganz an sich gerissen, so hast du es mit deinem Ego zu tun.

Was ist der Unterschied zwischen Verstand und Ego? Wann und wie wird aus dem für den Menschen unverzichtbaren Verstand ein herrschsüchtiges Ego? Es kommt auf die Nahrung an, die ein Mensch seinem Verstand anbietet. Durch Liebe und Vertrauen – und die darin enthaltenen Vitamine Selbstliebe, Selbstvertrauen, Selbstachtung und Selbstwert – wächst der Verstand, bis er den Menschen zur Vernunft, dem Sitz der Weisheit, führt.

Füttert ein Mensch seinen Verstand dagegen schon in jungen Jahren mit den Nahrungsmitteln ‚Angst' und ‚Schuld', und nährt ihn mit den darin enthaltenen Inhaltsstoffen des Misstrauens, der Missgunst, der Minderwertigkeit und Selbstgerechtigkeit, so wird aus dem Diener namens ‚Verstand' der Beherrscher mit dem Namen ‚Ego'. Und dieser ist unersättlich und beständig auf der Suche nach seinen Lieblingsspeisen.

Kehren wir noch einmal zum autoritären Stallburschen zurück: Er meint es ja gar nicht schlecht mit dem Besitzer. Ja, er ist sogar der Meinung, diesem einen Gefallen zu erweisen. Seine durch Angst und Schuld verschleierte Wahrnehmung zeigt ihm Gefahren, die dem Reiter drohen. Er sieht es als seine Pflicht an, auf sie aufmerksam zu machen: Ist das Pferd nicht ungeeignet für diese Rennstrecke? Ist es nicht im Vergleich zu anderen viel zu schwach oder bereits zu alt? Ist nicht das Gelände viel zu gefährlich, der Wassergraben zu tief, sind nicht die Stangen zu hoch und die Hindernisse unüberwindbar? Ist vielleicht der Reiter gerade nicht in der Lage, die vor ihm liegende Strecke zu meistern? Ist es da nicht die Pflicht des dafür zuständigen Gehilfen, ihm in die Zügel zu greifen und das Pferd zurückzuhalten?

Lange, viel zu lange hast du auf dein begrenztes Ego gehört, seinen Warnungen Glauben geschenkt und dich ausbremsen lassen. Nun ist es Zeit, dich darauf zu besinnen, wer du bist: Seele, untrennbar eins mit Gott! Du bist nicht das ‚Pferd', nicht der angstbesetzte Stallknecht, du bist der Reiter! Du, Seele, bist es, die im Einssein mit Gott deinem begrenzten Menschsein genau *die* Energie schenkt, die es braucht, um den ausgewählten Lebensweg gehen und das Lebensziel erreichen zu können.

Eine Seele zweifelt nie am Gelingen des Lebens! Wie sollte sie auch? Das Leben/die Liebe/Gott selbst sagt dazu: „ES IST GUT!"

Ich öffne noch einmal meine Galerie der inneren Bilder, damit du dir ansehen kannst, wie klein Ängste sind, bevor du sie mit deiner Aufmerksamkeit, mit deinen Gedanken und Gefühlen nährst:

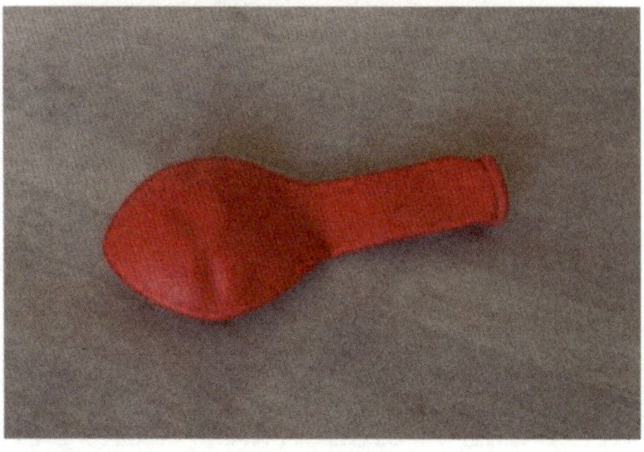

Du siehst richtig: Sie sind nur leere Hüllen, vergleichbar mit nicht aufgeblasenen Luftballons. Am Anfang aller Ängste steht ein Impuls, der von außen bei deinem Verstand anklopft: eine Sinneswahrnehmung oder eine Nachricht, die in deinem Kopf als gefährlich eingestuft wird und ein entsprechendes Gefühl auslöst. Dazu habe ich dir in den vorausgehenden Kapiteln bereits Genaueres erklärt.

Schon beim ersten furchtsamen Gedanken, zu dem du dich durch dein Ego hinreißen lässt, bläst du die Angst auf, mit deiner Lebensenergie! Das erste bange Gefühl lässt nicht lange auf sich warten – und versorgt die Angst mit weiterer ‚heißer Luft'.

Wenn du jetzt nicht durch bewusste Gedankenkontrolle gegensteuerst, wächst sie weiter. Wohin dies führt, hast du in deinem Dasein selbst schon erlebt: Irgendwann ging dir die Energie durch den Versuch aus, dem Schreckgespenst davonzulaufen, dich zu verstecken oder dagegen anzukämpfen, und du bist kraftlos zusammengebrochen. In diesem Augenblick zwang dich das Leben zu handeln – und der prall gefüllte Angstballon? Er war geplatzt! Hast du zum nächsten gegriffen?

Andere Ängste hast du dir mit einer Schnur an dein Handgelenk gebunden, damit sie dir nicht abhanden kommen und du sie zwischendurch wieder herholen kannst. Ein Beispiel gefällig? Eine kollektive Menschenangst ist die Furcht vor der Krankheit, die umgangssprachlich ‚Krebs' genannt wird. Sie wird von vielen Menschen nie ganz losgelassen und in regelmäßigen Abständen hervorgeholt und neu aufgeblasen …

Ich höre deinen Einwand: „Krebs ist eine Krankheit, die jeden treffen kann! Vorsorge ist angebracht und wird von den Ärzten und Krankenkassen empfohlen! Wäre es nicht leichtsinnig, Krebs zu ignorieren?"

Habe ich gesagt, du sollst das Leben und seine Möglichkeiten ignorieren? Nein, ich spreche über den Energiefresser ‚Angst', der dir die Lebenskraft raubt, die du brauchst, um deinen Weg gehen – und auf das Leben *re*-agieren zu können.

Sobald du erkannt hast, dass der Grund, den dein Ego für die Angst hernimmt, im gegenwärtigen Augenblick überhaupt nicht real, sondern Illusion ist, behältst du deine Energie für den Augenblick der Gegenwart. Angst ist immer der Versuch des begrenzten menschlichen Denkens, dich von der Gegenwart in die Zukunft zu ziehen.

Frag einen Arbeitnehmer, in dessen Firma Entlassungen anstehen, nach seiner größten Angst. Er wird dir antworten: „Ich habe Angst davor, entlassen zu werden."

Frag einen Menschen, der arbeitslos geworden ist, ob er denn Angst vor der Entlassung hat. Er wird dich verständnislos ansehen und sagen: „Ich *bin* arbeitslos. Meine größte Angst ist, dass meine laufenden Bewerbungen abgelehnt werden."

Frag ihn, wenn er die Stelle bekommen hat, ob er Angst davor hat, eine Absage zu bekommen. Seine Antwort wird lauten: „Ich *habe* die Stelle bekommen. Jetzt habe ich davor Angst, ihr nicht gerecht zu werden."

Frag einen gesunden Menschen, in dessen Familie mehrere Krebserkrankungen vorkamen, nach seiner größten Angst. Seine Antwort wird sein: „Ich habe Angst davor, ebenfalls diese Krankheit zu bekommen."

Frag einen an Krebs Erkrankten, ob er Angst davor hat, einen Tumor zu bekommen. Verständnislos wird er zu dir sagen: „Ich *habe* einen Tumor und nun Angst davor, dass die Behandlung nicht anschlägt."

Ich spitze das Ganze zu: Könntest du einen an dieser Krankheit eben Verstorbenen fragen, ob er Angst davor hat zu sterben, würde seine Antwort lauten: „Wieso, **ich lebe!**"

Haben dir meine Beispiele gezeigt, dass der Mensch immer Angst vor etwas hat, das noch gar nicht eingetreten ist? Und dass in dem Moment, in dem *das* Realität geworden ist, wovor er sich am meisten ängstigte, die Angst davor verschwunden ist? Sich einfach aufgelöst hat?

Jetzt wären die Hände, die den Luftballon mit der Aufschrift ‚Angst' festgehalten haben, frei. Jetzt könnte der Mensch seine Energie nutzen, um auf den eingetretenen Umstand optimal zu *re*-agieren! Stattdessen sucht er sich den nächsten Luftballon heraus und benutzt seine Lebensenergie dazu, ihn aufzublasen.

Nimm dir an dieser Stelle ein paar Minuten Zeit, um über deine momentan größte Angst nachzudenken. Benenne sie.

Ich darf dir, hier und jetzt, etwas in Er-Inner-ung rufen, das als Gewissheit in dir, Seele, ruht:

**„Ich besitze im Einssein mit Gott die Kraft und alle Möglichkeiten, im gegenwärtigen Augenblick optimal zu handeln – zu meinem eigenen Wachstum und zum Wohle des Ganzen."**

Schau dir nun die vorhin bewusst gemachte Angst noch einmal an. Allein dadurch, dass du deine Aufmerksamkeit von der Zukunft weg in die Gegenwart gelenkt hast, verliert der Luftballon an Umfang! Allein dadurch, dass du deine Gedanken und Gefühle nicht mehr vom Ego beeinflussen lässt, kann die Seele ihre Kraft zeigen und nutzen!

Wie lange gelingt dir das? Wann vermag die laute Stimme des begrenzten Denkens den himmlischen Frieden deiner Seelengewissheit wieder zu stören oder sogar zu vertreiben? Wann glaubst du dem Ego wieder, dass deine Energie nicht ausreicht, um dein Denken, Fühlen und Handeln zu ändern? Hast du schon wieder einen neuen Luftballon in der Hand? Stopp! Ich zeige dir, welch göttliches Geschenk du in dieses Leben mitgebracht hast:

Du siehst richtig: Eine bis zum Rand gefüllte Tüte göttlicher Gaben! Jede Seele bekommt in dieses Erdenleben alles mit, was sie benötigt, um ihren Weg gehen, alle Erfahrungen machen, daran wachsen und ihr Lebensziel erreichen zu können. Jeder Mensch ist Besitzer dieses Kapitals!

Es gibt zwar kleine, mittlere und große Tüten, doch dies bedeutet nicht, dass das Leben/die Liebe/Gott Seine Kinder unterschiedlich liebt. Doch ist der Lebensweg der einzelnen Seelen unterschiedlich lang …Versorgt eine liebende Mutter ihre Kinder nicht auch mit verschieden großen Schuhen? Passende Schuhe, die genau die Größe haben, die das jeweilige Kind benötigt?

Eine weitere Frage darf ich dir beantworten, die in dir beim Betrachten der Tüte auftaucht: ‚Warum ist in der Tüte keine Liebe enthalten?' Weil *du* selbst die Liebe bist, die Gott durch dich der Welt schenkt! Und weil diese Liebe durch dein Dasein, mit Hilfe des Tüteninhalts, weiter wachsen darf!

Immer noch nehme ich in dir einen Widerspruch wahr: Du kannst meiner Aussage nicht zustimmen, dass jeder Mensch genügend Energie und Lebensfreude, Vertrauen, Dankbarkeit und Zufriedenheit besitzt? Du fragst mich, wie ich meine Behauptung gegenüber Menschen mit Krankheit und Behinderung vertreten kann? Menschen, die aufgrund der Lebensumstände mit Schwäche und Depression zu kämpfen haben? Erinnerst du dich doch selbst an Zeiten der Schwäche und Antriebslosigkeit!

Ich stelle dir eine Gegenfrage: Bist nicht auch du schon Menschen begegnet, die dich trotz Krankheit, Behinderung oder erlittener Schicksalsschläge mit ihrer inneren Kraft, ihrem Vertrauen, ihrer Lebensfreude, Zufriedenheit und Dankbarkeit beeindruckten?

Zum besseren Verständnis schau dir die nachstehende Tüte an:

Diese zweite Tüte ist ein Geschenk deiner Eltern, die ihrerseits solche Behältnisse von *ihren* Vorfahren bekommen haben. Als du als Kleinkind anfingst, Worte zu verstehen, die dir Angst machten, dir Schuld einredeten, Wünsche in dir weckten – und so Unzufriedenheit in deine kleine Welt brachten, nahmst du immer wieder eine Handvoll der Gaben aus der göttlichen Tüte und fülltest damit die weltliche Tüte! So kam es, dass du den Inhalt nach und nach umverteiltest! So wurde – und wird – aus der Lebenskraft und Lebensfreude die Energie der Angst!

Nimm dir an dieser Stelle ein paar Minuten Zeit, um beide Tüten in einer Innenschau zu betrachten …

Ich nehme in dir den großen Wunsch wahr, die dir zustehende Kraft für dein Dasein aus der Angsttüte wieder in die göttliche Tüte zu bekommen. Lass den Wunsch danach los, denn er füllt die weltliche Tüte um eine weitere Handvoll, bestätigt er doch deine Unzufriedenheit mit dem jetzigen Zustand! Doch wie soll dir das ‚Umfüllen' dann gelingen?

Ganz einfach: Geh ins tätige Handeln! Wenn du dir die beiden Tüten noch einmal ansiehst, kannst du mich besser verstehen. Die göttliche Tüte enthält Geschenke, die du ausschließlich in der Gegenwart, hier und jetzt, im göttlichen Augenblick, annehmen und leben kannst: Du kannst nur an dem Platz, an dem du JETZT bist, dem Leben und dir selbst vertrauen, Freude und Begeisterung empfinden, nur hier und jetzt zufrieden und dankbar *sein.* Und die Vorsicht, die als Basis in deiner mitgebrachten Tüte ist, kann ebenfalls nur in der Gegenwart zum Einsatz kommen. Vorsicht im Sinne von ‚Vorsehen' ist nur auf den Schritt bezogen, den du JETZT tust.

Die weltliche Tüte dagegen bezieht sich ausschließlich auf die Zukunft bzw. Vergangenheit mit den Illusionen, die du damit verbindest: Angst vor etwas, das im Moment nicht real ist; Wunsch nach etwas, das du im Augenblick nicht besitzt; Schuld, die du dir oder anderen nicht vergeben kannst.

Wie oft bedienst du dich aus der weltlichen Tüte und wunderst dich, dass ihr Inhalt dir keine Kraft schenkt, sondern raubt? Erwartest du wirklich, die göttlichen Gaben, die sich durch dein Umpacken ja nicht verändern, würden deine Illusionen nähren? Glaubst du wirklich, das göttliche Vertrauen würde deine Angst mästen? Oder die Zufriedenheit und Dankbarkeit könnten Nahrung für Unzufriedenheit und Undankbarkeit sein? Die göttlichen Gaben wiegen in der Angsttüte schwer, denn sie erinnern durch ihr Gewicht daran, wieder in die richtige Tüte umgepackt zu werden, damit sie dir auf deinem Daseinsweg dienen können.

„Wenn die Angst auftaucht, zieht sich die Liebe zurück und wartet" ist einer der Schlüsselsätze aus der Geschichte Jakobus' des Jüngeren.[6]

Jedes Mal, wenn du dir selbst – und dem Umstand, wie er sich dir im gegenwärtigen Augenblick zeigt, Vertrauen schenkst, geschieht das Umfüllen ganz von selbst! Darauf wartet die göttliche Lebenskraft doch nur!

Es gibt, ganz egal, was das Leben dir vorlegt, zwei Schlüsselfragen, die dir helfen, optimal zu handeln. Wann immer du in dir eine innere Unruhe verspürst, weil dich dein Ego wieder in die Zukunft mit ihrer Angst und ihren Wünschen oder in die Vergangenheit mit ihrer Schuld locken will, stell dir zunächst die Frage:

**„Was kann ich hier und jetzt tun,
um den Umstand, der die Kraft hat, mich zu verunsichern, heilsam zu beeinflussen?"**

---

[6] Bezugshinweis, siehe Seiten 204/205.

Du wirst überrascht sein, welch erstaunliche Eingebungen dich beglücken werden. Denn im Augenblick der Gegenwart steht deinem Menschsein die volle Kraft der Seele, im Einssein mit dem Leben/der Liebe/Gott, zur Verfügung.

Sollte dir dagegen klar gezeigt werden, dass du im Augenblick nicht direkt auf den Umstand Einfluss nehmen kannst, dann stell dir die zweite Frage:

**„Was kann ich hier und jetzt für *mich* tun?“**

Die Eingebung, was du *für dich* tun kannst, wird dich ebenso in Erstaunen versetzen.

So zu denken ist kein Egoismus, sondern der Beweis für dein Vertrauen, dass hier und jetzt ein Größerer zuständig ist, um durch einen anderen Menschen zum Wohle aller am Umstand Beteiligten zu handeln – oder auch abzuwarten, bis alle Wachstumsmöglichkeiten ausgeschöpft sind …

Zwei Beispiele mögen dir helfen, meinen Rat besser zu verstehen und zu fühlen:

Eine Nachricht aus den Medien erweckt in dir ein großes Erschrecken. Es hätte die Macht, dich aus dem inneren Frieden in die Angst zu ziehen. Schau dir zunächst das Wort ‚Nach-richt‘ genauer an: Es beschreibt ein Geschehnis, das bereits Vergangenheit ist und durch nichts und niemanden rückgängig gemacht oder verändert werden kann. Und eine Nach*richt* ist nie objektiv, sondern durch das Bewerten und Urteilen eines oder mehrerer Menschen ‚gerichtet‘. Sobald du das Gehörte oder Gelesene als ‚Meinungsäußerung‘ ansehen kannst, vermagst du gelassen zu bleiben und dir deine eigene Meinung zu bilden. Mein Segen möge dir dabei Unterstützung geben:

**„Gesegnet bist du mit der Erinnerung,**

- **dass alles, was geschieht, weltweit und zu jeder Zeit, seinen Ursprung in der bedingungslosen Liebe Gottes hat.**

- **dass alles, was geschieht, mit der Zustimmung aller daran beteiligten Seelen geschieht.**

- **dass alles, was geschieht, nur dem einen Zweck dient: die Seele wachsen und reifen zu lassen bis hin zur Vollendung.“**

Mit dieser Einstellung kannst du im inneren Frieden die dir nun bekannte Frage stellen, ob du selbst etwas Segensreiches und Heilsames *für* den Umstand tun kannst. Falls ja, tu es! Im anderen Fall stell die zweite Frage und tu etwas Segensreiches und Heilsames für dich selbst!

Wenn du so handelst, kann aus dem Erschrecken im Augenblick des Wahrnehmens kein andauernder Schrecken werden, der deine Angst nährt und niemandem nutzt.

Mein zweites Beispiel betrifft dich unmittelbar: Du nimmst einen körperlichen Schmerz wahr, der dich erschreckt und Fragen aufwirft. Das angstbesetzte Ego *will* sofort Hilfe *gegen* den Schmerz. Glaubst du wirklich, das Leben/die Liebe/Gott unterstützt ein ‚Gegen-Etwas-Tun‘? Auch hier macht dir mein vorheriger Segen bewusst, wer hinter allem Geschehen steht und wem es dient. So kannst du aus dem inneren Frieden heraus *für dich* Heilsames tun.

Es wird immer wieder Umstände geben, die dich erschrecken. Nicht der Umstand selbst, sondern deine *Re*-aktion darauf entscheidet darüber, welche der beiden Tüten du zur Bewältigung zur Hand nimmst …

Ein Exempel vermag es, meine Ausführungen zu belegen: Ein Mensch, der in sich eine tiefe Angst vor dem Ertrinken trägt und durch ‚Nachrichten' immer wieder damit konfrontiert wird, hat zwei Möglichkeiten, damit umzugehen. Er kann sich der Illusion hingeben, durch Vermeiden jeder Möglichkeit dem Tod durch Ertrinken zu entkommen. Und doch wird ihm die Angst weiter im Nacken sitzen. Denn es könnte sein, dass er als Beifahrer in einem Auto sitzt, das durch einen Unfall in einem See landet und untergeht …

‚Was kann ich hier und jetzt tun, um den Umstand, der die Kraft hat, mich zu verunsichern, heilsam zu beeinflussen?' Tätiges Handeln, hier und jetzt, bedeutet in diesem Fall: Einen Schwimmkurs belegen! So einfach ist es!

Das bedeutet natürlich keine Garantie dafür, dass sich die Seele dieses Menschen nicht doch ein Aussteigen aus dem Dasein durch Ertrinken ausgewählt hat. Nur: Bis es soweit ist, könnte die Angst davor das Leben nicht mehr vergiften.

Eine kleine Zusammenfassung zum Thema:

Immer dann, wenn dich die Angst zu packen versucht, nenne sie bei ihrem richtigen Namen: **„Ich nehme in mir die Sehnsucht nach Vertrauen wahr.“**

Dann schaue dir genau an, welches ‚Mäntelchen‘ die Sehnsucht trägt und frage dich: **„Habe ich hier und jetzt eine Möglichkeit zu handeln? Kann ich hier und jetzt den Umstand, der mich so verunsichert, beeinflussen?“**

Wenn du etwas tun kannst, dann tu es! Du hast im Augenblick der Gegenwart die Kraft, die Möglichkeiten – und den Segen Gottes dazu.

Sollte das Geschehen jedoch außerhalb deiner Einflussnahme sein (räumlich und zeitlich), dann stell **dich selbst** in den Mittelpunkt des nächsten Gedankens: **„Was kann ich hier und jetzt für MICH tun?“**

Du wirst das Wunder erleben, dass allein durch die liebende Fürsorge dir selbst gegenüber die Energie aus der Tüte der Angst, der Wünsche und der Schuld hinüberfließt in die Tüte der Lebensfreude und Begeisterung, des Vertrauens, der Dankbarkeit und der Zufriedenheit.

## Der Augenblick der Gegenwart und seine göttlichen Geschenke

Dieses Thema benötigt von dir einige Besorgungen, so dass es dir vielleicht erst am nächsten Tag möglich ist, weiterzulesen. (Bringe dich nicht um die Erkenntnisse, indem du jetzt weiterliest und es nur bei der Theorie belässt …)

Besorge dir zwei entkernte Datteln sowie einen kleineren Stein (am besten einen Halbedel-/Heilstein), eine Kerze, Räucherstäbchen und Meditationsmusik und lege alles bereit.

In meinen nachstehenden Denkanstößen spreche ich immer wieder dich, Seele, an. Du bist aus der Liebe Gottes heraus entstanden, untrennbar eins mit Ihm. Du bist göttlich, denn könnte Gott je aus sich selbst heraus etwas anderes erschaffen als Göttlichkeit?

Daneben erwähne ich immer wieder deinen Verstand. Es mag dir scheinen, als sähe ich Seele und Verstand getrennt voneinander. Der Verstand ist ein Teil deines Menschseins und ebenso göttlich wie alles an dir. Gott hat ihn dir in dieses Erdenleben mitgegeben, damit du es verstehen kannst, damit es dir gelingt, aus dem Erlebten ein Erkennen zu machen. Du kannst dir den Verstand vorstellen wie das Navigationsgerät in einem Auto. Das Ziel gibt der Fahrer vor, die Strecke wurde vom Programmierer eingegeben – und das Gerät hat lediglich den Auftrag, dir während der Fahrt den Streckenverlauf anzuzeigen. Es hat weder Einfluss auf das Ziel, noch auf den Zustand der Straßen, noch auf das Verkehrsaufkommen und Verkehrsgeschehen unterwegs.

Das Transportmittel ist dein Körper. Der Fahrer bist du, Seele. Du hast dir das Lebensziel im Einssein mit Gott ausgewählt! Der Programmierer ist Gott selbst. Könntest du da am Lebensverlauf zweifeln? Doch gelingt es oft genug dem begrenzten Verstand, das Ziel, den Straßenverlauf, die anderen Verkehrsteilnehmer oder die Umstände in Frage zu stellen. Wenn du dann beginnst, am Navigationsgerät herumzumanipulieren, verfällst du der Illusion, ein erstrebenswerteres Ziel erreichen zu können.

Doch lass uns nun beginnen, den göttlichen Augenblick zu entdecken: Ich habe vor, das Thema spielerisch anzugehen und deshalb auch mein inneres Bilderbuch mitgebracht.

Vielleicht runzelst du jetzt die Stirn und denkst: ‚Ich bin doch kein Kind mehr. Meine Zeit ist zu wertvoll, als sie mit Bilderbüchern oder unnützen Spielen zu vergeuden.‘

„Wenn ihr euch nicht ändert und den Kindern gleichwerdet, dann könnt ihr in Gottes neue Welt überhaupt nicht hineinkommen."[7]

„Lasst die Kinder in Ruhe! Hindert sie nicht, zu mir zu kommen; denn gerade für Menschen wie sie steht Gottes neue Welt offen."[8] Erinnerst du dich an diese Aussagen des Jesus?

Wie sind Kinder? Gemeint sind kleine Kinder, denn die größeren haben sich schon viel zu sehr die Erwachsenen zum Vorbild genommen. Vorbild? Schauen wir uns zunächst ein Kleinkind an:

Es macht sich keine Gedanken über gestern, über das, was scheinbar falsch war, misslungen ist oder versäumt wurde. Es denkt nicht an morgen, nicht an das, was noch vor ihm liegt, getan werden sollte oder passieren könnte. Genau diese Grundeinstellung ermöglicht ihm, angstfrei, schuldfrei, erwartungslos, wunschfrei – und ganz in der Gegenwart zu *sein.*

Bestimmt hast du schon kleinen Kindern beim Spielen zugesehen: Ihre völlige Hingabe an den Augenblick, an das, was sie gerade tun, ist faszinierend für die Erwachsenen. Die Kleinen scheinen völlig mit dem Augenblick verschmolzen zu sein und eins mit dem, was sie tun. Es ist keinerlei Druck zu spüren, kein Wollen, kein Müssen. Ständig entdecken sie Neues am einfachsten Spielzeug. Sie drücken ohne Worte aus, was sie sind: ICH BIN DA. Mit all meinen Sinnen. Nicht mehr und nicht weniger!

---

[7] Vgl. Mt 18,3.
[8] Vgl. Mt 19,14.

Sie *re*-agieren auf die Bedürfnisse, die sie haben, unmittelbar und unmissverständlich. Hunger, Durst, Hitze, Kälte, Schmerzen, ein unangenehmes Gefühl in der Windel: Ihr Schreien ist unüberhörbar und endet, sobald das Bedürfnis gestillt ist.

Du erkennst daran, dass ein Kleinkind auf alles im Augenblick der Gegenwart *re*-agiert. Wenn du nun glaubst, ich könne dich diese Gegenwärtigkeit lehren, dann irrst du: Das Geheimnis des Augenblicks kannst du nicht lernen, du kannst es nur wieder entdecken. Und auch nicht im Außen, sondern in deinem Inneren. Es wartet darauf, dass du dich erinnerst, denn als Kind hast du es ganz selbstverständlich gelebt. Bis du den Erwachsenen geglaubt hast, es gäbe Wichtigeres als das Sein …

Ab und zu verspürst du eine Sehnsucht danach. Das ist wunderbar! Denn Sehnsucht kannst du nur nach etwas haben, das du bereits in dir trägst, im Augenblick aber nicht lebst. Die Sehnsucht hat den Auftrag, dich an den Ort zu führen bzw. in den Zustand zu bringen, der dir so sehr fehlt. Ich darf Diener deiner Sehnsucht sein!

So lass uns nun mit dem Erinnern an das wunderbare Kind-Sein beginnen. Machen wir es uns gemütlich:

Entzünde vor dem Weiterlesen eine Kerze und lass einen feinen, angenehmen Duft durchs Zimmer wehen. Schalte leise Entspannungsmusik ein und sei ganz einfach da …

**‚Wo bist du?‘**, frage ich dich.

Deine Antwort lautet bestimmt: „Wie kannst du nur eine so überflüssige Frage stellen? Ich bin hier!“

‚Wirklich?‘

„Aber ja!“

‚Welchen Beweis kannst du dafür anführen?‘

„Ich nehme den Raum hier wahr, spüre den Stuhl, auf dem ich sitze, fühle den Boden unter den Füßen. Ich sehe die Kerze, rieche den Duft im Raum, höre die leise Musik. Meine Sinneswahrnehmungen beweisen, dass ich hier bin!“

‚Gut. Dann schließe noch einmal für einige Minuten deine Augen und *sei hier.*‘

**‚Wo bist du?‘**, frage ich dich ein zweites Mal.

„Hier, immer noch hier, wo denn sonst?“, antwortest du mir ein weiteres Mal voller Überzeugung.

‚Und wo warst du in den letzten Minuten?‘, bohre ich nach.

„Auch hier! Ich habe den Raum nicht verlassen.“

Ich gebe dir Recht, was deinen Körper betrifft. Ich widerspreche dir, was deine Gedanken angeht. Denn du warst, nachdem du deine Augen geschlossen hattest, nach kurzer Zeit ganz woanders. Dein Verstand ging auf Wanderschaft! Erinnere dich, wo du überall warst …

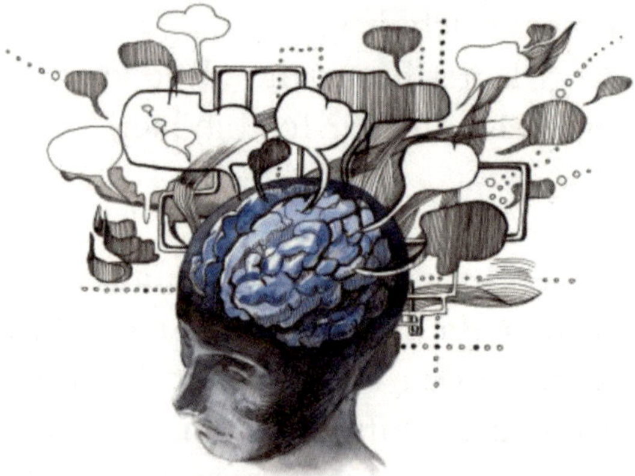

Du wirst mir Recht geben: Deine Gedanken wanderten in die Vergangenheit, um gleich danach in die Zukunft zu rennen – und wieder zurück. Verschiedene Orte hast du dabei aufgesucht. Spürtest du wirklich noch den Boden unter deinen Füßen? Nahmst du noch den Duft im Raum wahr, hörtest du die Meditationsmusik? Nein! Das, was du zuvor als Beweis deines Hier-Seins angeführt hast, galt nicht mehr! Also warst du nicht mehr hier?

Doch – und doch nicht! Es gelingt dir, im Gegensatz zu jedem anderen Lebewesen, dich aufzuspalten, um gleichzeitig an verschiedenen Orten zu sein. Mehr noch: Es gelingt dir sogar, Zeitsprünge dabei zu machen! Dein Körper bleibt hier – und dein Verstand ist ganz woanders.

Wirklich? Nein, dies zu glauben ist eine Illusion deines Verstandes! Eine Illusion, die dir sehr viel Energie raubt! Energie, die dir im ZeitRaum der Gegenwart fehlt!

Solange mein Auftrag deinen Verstand fesselte und er die Wahrnehmungen deiner Sinne sammelte und verarbeitete, konntest du mit seiner Aufmerksamkeit rechnen. Doch schon bald ging er auf Reisen. Es wurde ihm zu langweilig, da nichts Neues geschah. Einfach nur zu *sein* ist nicht sein Ding.

Experimentieren wir weiter: Ich schlage dazu mein inneres Bilderbuch auf und gebe deinem Verstand den Auftrag, sich eine Katze vorzustellen, die hungrig vor einem Mauseloch sitzt und auf ihre nächste Mahlzeit wartet …

Er bestätigt mir bestimmt, dass die Katze mit all ihren Sinnen bei der Sache ist! Aufgrund ihres Instinktes und ihrer Erfahrung besitzt sie die Gewissheit, am rechten Ort zu sein, um fette Beute zu machen. Und: Sie besitzt die Geduld und die Gelassenheit, auf den rechten Moment zum Zupacken zu warten. Nichts vermag sie davon abzulenken.

Schenk deinem Verstand nun die Möglichkeit, sich wie diese Katze zu verhalten: Geh noch einmal in die Stille und beschäftige ihn die kommenden Minuten mit dem folgenden Satz, den du mehrmals wiederholst: **"Ich bin bereit für die Geschenke dieses Augenblicks."**

Nanu? Er behielt ja tatsächlich die Aufmerksamkeit bei, abwartend wie die Katze vor dem Mauseloch! Und was er zwischendurch wahrnahm, stammte aus der Gegenwart! Er verhielt sich nämlich wie ein Kind, dem die Eltern ein Geschenk versprochen haben: Voll konzentriert, um die Übergabe ja nicht zu versäumen. Merke dir: Solange dein Verstand bzw. dein Ego in der Erwartungshaltung des ‚Ich will' gefangen ist, kannst du, Seele, dir diese Schwäche zur Stärke machen …

Du erkennst mit dieser Übung: Es wird dir willentlich nicht gelingen, den Verstand auszuschalten. Das ist auch nicht der Sinn der Sache! Der Verstand ist ein göttliches Geschenk, um dir, Seele, zu dienen. Er *will* genutzt sein! Er *will* gebraucht sein! Also: Beschäftige ihn gezielt und bewusst mit dem, was dir dient. Gib ihm Aufträge, die dir beim Wachstum helfen!

Kehren wir noch einmal zur Katze zurück: Versehen wir sie einmal hypothetisch mit einem menschlichen Verstand (was Gott-sei-Dank nie der Fall sein wird): Kaum kauert das Tier vor dem ausgewählten Mauseloch, meldet sich der Verstand mit Wunschvorstellungen: ‚Der Kater von nebenan schwärmt doch immer so von dieser Wiese. Ein Schlaraffenland für Katzen sei dies hier. Man bräuchte nur das Maul aufzumachen – und die fettesten Mäuse spazierten wie von selbst hinein.' Das Wasser läuft ihr im Maul zusammen, wenn sie in Vorfreude auf das leckere Mahl ihre Augen schließt und zu träumen beginnt. Schwupp, ist ihr die erste Maus entgangen …

Erwartungen, Wunsch*vorstellungen* – wie oft zieht dich dein Verstand damit in die Illusion der Zukunft? Schauen wir uns das Wort ‚Vorstellung' genauer an, ja: nehmen wir es einmal wörtlich: Du *stellst* etwas *vor* dich hin, genauer gesagt: du stellst ein Wunschbild zwischen dich und die Realität des gegenwärtigen Augenblicks. Ist es da ein Wunder, dass du all das verpasst, was jetzt … und jetzt … und jetzt geschieht? Wenn du dann, wie die Katze im Beispiel, die Augen öffnest, wirst du erkennen, dass du genau das versäumt hast, was das Leben dir in der Zwischenzeit angeboten hat.

Wenden wir uns wieder der ‚denkenden' Katze zu: Ihre Barthaare melden die entgangene Beute. Sie unterdrückt den Ärger über sich selbst. Nein: So schnell gibt sie nicht auf. Sie zwingt sich zur Selbstdisziplin und beginnt genau zu planen: ‚Ich setze mich jetzt an das nächste Mauseloch, bin hochkonzentriert und nutze mein Talent und alle meine Sinne. Dann *muss* es gelingen!'

Planungen! Ein *Muss* für jeden denkenden Menschen! Beantworte mir bitte eine Frage: ‚Wie oft ist ein von dir bis ins letzte Detail durchdachter Plan ohne jeden Zwischenfall, ohne jede Änderung aufgegangen?'

Sei ehrlich: In den meisten Fällen wurde es notwendig umzuplanen! Es ist dir überhaupt nicht möglich, alle Eventualitäten, die das Leben für dich bereithält, einzuplanen. Mein folgendes Bild macht es deutlich: Du bist mit dem Auto auf einer dir unbekannten Strecke unterwegs. Es herrscht dichtester Nebel mit einer Sichtweite unter fünfzig Metern. Ist es dir möglich zu planen, in welche Richtung du das Auto in der übernächsten Kurve lenkst? – Nun, planen könntest du es schon, nur … Im schlimmsten Fall führten die Gedanken, die in die Illusion der Zukunft gehen, zur Unaufmerksamkeit und du würdest im Straßengraben landen, noch vor der übernächsten Kurve …

Ist es nicht so, dass Kinder sich über Geschenke freuen? Ich biete dir ein himmlisches Geschenk an: Eine Goldmünze!

Sie ist zwar unsichtbar, doch kannst du sie gerade deswegen ab jetzt immer bei dir tragen. Auf der einen Seite der Münze steht das Wort ‚**Planlosigkeit**'. Genau diesen Wert besitzt sie nämlich!

Ich nehme dein Zaudern wahr: ‚Soll ich jetzt etwa planlos wie ein blindes Huhn durch mein Leben gehen?' Erinnere dich an das Bild von der Nebelfahrt … und an einige der vielen Begebenheiten, in denen dir all dein Planen und Organisieren nicht weiterhalfen, weil dir unvorhergesehene Umstände einen Strich durch deine ‚Rechnung' machten …

Lass mich die Goldmünze umdrehen: Auf der anderen Seite steht das Wort ‚**Entscheidungsfreude**'! Es kommt der Augenblick, in dem du – im Einssein mit der Liebe/dem Leben/Gott – erkennst, dass du jedem Augenblick der Gegenwart die optimale Antwort gibst und im göttlichen Willen denkst, fühlst, sprichst, handelst und wandelst. Es kommt der Augenblick der Erkenntnis, dass du im Dasein nichts anderes zu tun hast, als da zu sein und auf das Leben zu *re*-agieren.

Vielleicht versucht dein Ego jetzt, dir genau davor Angst zu machen: ‚Das hieße ja, dass ich völlig ausgeliefert bin. Das würde ja bedeuten, dass ich selbst überhaupt keinen Einfluss auf mein Leben habe. Hat Gott den Menschen nicht den freien Willen versprochen?‘

Lass mich deinem kleinen, begrenzten Ich liebevoll antworten: ‚Doch, Gott hat dem Menschen den freien Willen gegeben. Doch nicht dem zeitlich und räumlich begrenzten Gehirn, in dem der Verstand und das Ego wohnen, sondern der göttlichen Seele, die dem Menschsein innewohnt. Erinnere dich, Seele: Dein Wille und der Wille des Lebens/der Liebe/Gottes ist EINS.‘

Ich kehre noch einmal zur Nebelfahrt mit dem Auto zurück: Auch wenn du den Straßenverlauf nicht kennst, so kannst du dich auf den verlassen, der die Straße gebaut hat, der dich auf diese Reise schickte, dir das passende Auto zur Verfügung stellt, der mit dir unterwegs ist – und die Gewissheit besitzt, durch dich das Ziel zu erreichen. Dein Auftrag besteht darin, während der Fahrt so achtsam und aufmerksam wie möglich zu *re*-agieren.

Sobald du die Tiefe meiner Erklärung verstehst, beginnst du zu leben, wahrhaft zu leben: ohne Erwartungen und Wünsche, ohne Angst, ohne Schuld. Das göttliche SEIN beginnt!

Die alte, abgegriffene Münze, die du jahrzehntelang in deinen Händen hin- und hergedreht hast, kannst du dann entSORGEn. Was auf ihr steht? „Planen und Organisieren"/„Umplanen und neu Organisieren". Erinnere dich, wie viel Energie ihr Gebrauch dich schon gekostet hat …

Lass uns nun mit der Beobachtung der ‚denkenden' Katze fortfahren: Lange ist ihr Verstand mit dem Auftrag zur völligen Konzentration nicht bei Laune zu halten. Ungeduld kommt auf: ‚Ich warte jetzt höchstens noch fünf Minuten. Wenn ich dann keine Maus gefangen habe, hat es heute keinen Sinn und ich gebe auf.' Fast im Minutentakt blickt sie zur Kirchturmuhr, wird zunehmend nervöser – und passt genau in dem Augenblick, in dem eine Maus aus dem Loch huscht, nicht auf.

Ungeduld und Unzufriedenheit, die Geschwister der Enttäuschung sind und im Ego einen Stammplatz haben, sind auch dir nicht fremd …

Hinzu kommt nun bei unserer Katze das Selbstmitleid: ‚Das hätte ich mir ja gleich denken können! Das Pech klebt einfach an mir. Glück haben immer nur die anderen!' Ist es da nicht logisch, dass ihren tränenverhangenen Augen auch die nächste Maus entgeht?

In diesem Moment hört sie in der Ferne Hundegebell. Ohne die Lage genauer zu prüfen, rennt sie panisch drauf los – genau unter den Vorderreifen eines Radfahrers, der auf dem daneben verlaufenden Feldweg daherkommt …

Wie gut, dass eine Katze keinen menschlichen Verstand besitzt! Ihre Spezies wäre sonst schon längst ausgestorben.

Du erkennst am Beispiel der ‚denkenden' Katze, wohin das Abschweifen des Verstandes führt: Heraus aus der Gegenwart, in der ein optimales ***Re***-agieren möglich ist, hinein in eine nicht greifbare, da nicht existente Zeit. Heraus aus der Realität, hinein in die Illusion eines Agierenkönnens. Die Folge davon ist, dass die Gegenwart verpasst wird.

Ein häufiger Grund dafür, dass sich der Verstand viel lieber in der Vergangenheit und Zukunft aufhält als in der Gegenwart, ist Langeweile! Für ihn ist es viel interessanter, sich bereits Erlebtes vorzustellen – mag es noch so schuldbeladen oder schlimm gewesen sein. Es ist auch spannender für ihn, sich die Zukunft auszumalen – mag sie noch so angstmachend sein. Und sich Wünschenswertes vorzustellen beglückt ihn zutiefst – wenn auch nur für kurze Zeit. All das ist immer noch aufregender als die langweilige Gegenwart!

**Langweilige Gegenwart? Von wegen!** Sobald du, Seele, dir bewusst machst, dass die Gegenwart der einzig mögliche ZeitRaum für dich ist, in dem du *bist* und auf das Leben mit seinen wunderbaren Möglichkeiten des Erkennens, Wachsens und Reifens *re*-agieren kannst, geschieht das Wunder, über das so viele Mystiker berichten: Du entdeckst den göttlichen Augenblick mit all seinen Geschenken und Möglichkeiten.

Um Eintritt in den Raum der Gegenwart zu haben, hat dir das Leben/die Liebe/Gott deine menschlichen Sinne gegeben. Kehren wir deshalb zu ihnen zurück:

Du hast sie zu Beginn meiner Erklärung bewusst zum Einsatz gebracht. Wiederhole die kleine Übung noch einmal: Nimm durch deine Augen den warmen Schein der Kerze wahr, durch deine Ohren die leise Musik, durch deine Nase den Duft im Raum. Fühl durch deine Haut den Kontakt mit Stuhl und Fußboden. (Es fehlt noch dein Geschmackssinn, der in einer späteren Übung besonders zum Einsatz kommt.)

Und schon bist du wieder im Raum der Gegenwart angekommen! Wie oft **nutzt** du so bewusst wie eben deine Sinne als Eingangstor zur Gegenwart? Viel zu selten, denn dein Verstand **benutzt** sie ganz selbstverständlich und nebenher. Dabei ist es ein großes göttliches Geschenk, funktionierende Sinne zu besitzen und sie zu gebrauchen. Wann hast du dich das letzte Mal für sie bedankt?

Du kannst es hier und jetzt tun. Es sind deine Sinne, die dir die Möglichkeit geben, die Materie wahrzunehmen und körperliche Erfahrungen zu machen, aus denen du, Seele, mit Hilfe des Verstandes Erkenntnisse gewinnst, die dich wachsen und reifen lassen!

Wie vertraut und geläufig ist dir das Danken? Deine Eltern haben es dir als Kind bestimmt nahegebracht. Erinnerst du dich? Immer wenn du etwas bekommen hattest, hieß es: „Und, wie sagt man?" Es ging der Dankbarkeit immer ein Geschenk, ein erfüllter Wunsch oder eine Gefälligkeit voraus! Ich nenne dies eine ‚Weil-Dankbarkeit'. Die Dankbarkeit, von der ich jetzt spreche, ist eine Grundeinstellung, die ihren Ursprung im Vertrauen in das Leben/die Liebe/Gott hat. Der Verstand kann, falls er einen Grund dafür sieht, leicht zulassen: ‚Ich bin dankbar für .....', doch die Seele **verkörpert** die Dankbarkeit: **„Ich bin dankbare Liebe."**

**Die Dankbarkeit ist ein Schlüssel zur Gegenwart – und Garantie für ein Leben in innerer Fülle und innerem Frieden.**

Lass dich auf eine weitere Übung in Bewusstheit und Dankbarkeit ein. Wende dich nun den bereitgelegten Datteln zu. Wähl eine davon aus und iss sie – auf die Art, in der du üblicherweise isst ... Wirf doch nebenzu schnell noch einen Seitenblick auf die Uhr ...

Das ging jetzt recht schnell mit der Dattel! Hinein in den Mund, ein paar Mal gekaut und geschluckt. Du könntest mir aber sagen, wie spät es ist. So ist es dir also gelungen, gleichzeitig mehrere Dinge zu tun? Zu kauen, auf die Uhr zu blicken und die Zeit abzulesen? Hast du damit nicht den Beweis erbracht, dass es dem Menschen möglich ist, multifunktionell zu sein?

Das streite ich gar nicht ab. Dein Menschsein ist sehr wohl in der Lage, unzählige Dinge gleichzeitig zu tun. Anders wäre dein Überleben gar nicht möglich! Dein Körper erfüllt in jedem Augenblick lebenswichtige und lebenserhaltende Funktionen in einer solchen Vielzahl, dass du es dir gar nicht vorzustellen vermagst. Wäre er darauf angewiesen, dass dein Verstand alle diese Funktionen bewusst koordiniert, befiehlt und überwacht, säßest du weder hier noch anderswo …

Doch das meine ich nicht. Du bist darüber hinaus überzeugt, dass es deinem Verstand gelingt, seine Aufmerksamkeit gleichzeitig auf mehrere Dinge zu lenken. Das ist nicht möglich! Ein kleiner Versuch beweist es: Denke gleichzeitig an die Farben blau und rot. Stelle dir beide Farben gleichzeitig vor. Das Ergebnis ist entweder ein Hin- und Herdenken zwischen den beiden Farben – oder dein Verstand ist ganz clever und mischt sie zur Farbe Lila …

Dieselbe Erfahrung kannst du machen, indem du einen Fuß in eiskaltes Wasser und den anderen in heißes Wasser stellst. Die Bewertung der unterschiedlichen Wahrnehmungen setzt kurz aus, denn der Verstand ist total überfordert. Dann hüpft er mit der Feststellung zwischen kalt und heiß hin und her – oder es verschlägt ihm ausnahmsweise einmal die Sprache und er wendet sich schnell Eindeutigerem zu.

Eine weitere Erfahrung, die meine Aussage bestätigt, hast du selbst schon körperlich gemacht: Ein kleiner Schmerz, der dein Bewusstsein fesselt, löst sich scheinbar in dem Augenblick auf, in dem ein größerer Schmerz spürbar wird.

Daher kommt das Sprichwort: „Jammere nicht über einen kleinen Schmerz, sonst könnte Gott ihn durch einen größeren heilen.“

Manche stillende Mütter glauben, es sei möglich, ihrem Säugling liebevoll und aufmerksam die Brust zu geben und gleichzeitig zu lesen. Körperlich ist es sehr wohl möglich, ein Kind zu stillen und ein Buch zu lesen. Doch der Verstand kann sich nur auf eines der beiden konzentrieren. Er setzt Prioritäten. Darin ist er durch jahrelange Übung geschult.

Üben wir deshalb weiter mit ihm, er ist durchaus lernfähig. Du hast noch eine zweite Dattel. Nimm sie zur Hand und betrachte sie eingehend von allen Seiten. Unterdrücke den Impuls, sie gleich zu essen. Es gibt so viele Geschenke, die das Leben/die Liebe/Gott dir durch sie – hier und jetzt – anbietet:

Ist es ein Zufall, dass du diese Frucht zwischen deinen Fingern hältst? ‚Nein‘, wird dein Verstand antworten. Denn du hast sie ja extra besorgt und bereitgelegt.

Ist es ein Zufall, dass du gerade jetzt dieses Buch in den Händen hältst und diese Zeilen liest? ‚Nein‘, wird dein Verstand wiederum zur Antwort geben. Du hast dich ja bewusst dafür entschieden. Wer entschied sich dafür? Dein Menschsein durch den Verstand – oder du, Seele? Waren nicht beides, das Zur-Hand-Nehmen des Buches und das Besorgen der Dattel, *Re*-aktionen deines Verstandes auf Aktionen, die das Leben dir durch mich vorlegte?

Dennoch: *Nichts* in deinem Dasein ist dem Zufall überlassen. Doch ist es auch nicht dem kurzsichtigen Verstand oder dem menschlichen Willen anheimgestellt. Alles ***fällt*** dir zur rechten Zeit ***zu***, weil du, Seele, es genau in diesem Augenblick brauchst.

**Das Leben/die Liebe/Gott hat mit dir und durch dich eine ganz bestimmte Absicht, eine Vorsehung, mit der du einverstanden bist, garantiert sie dir doch, ebenso wie allen anderen daran beteiligten Seelen, optimales Wachstum.**

Ich öffne ein weiteres Mal mein inneres Bilderbuch und zeige dir ein Theater, in dem gerade ein Stück geprobt wird. Der Regisseur hat das Stück selbst geschrieben und alle Akteure optimal ausgewählt. Es ist für jeden Schauspieler ein Privileg, dabei sein zu können, jeder ist mit seiner Rolle einverstanden und hat den Text bestens gelernt. Dann kommt der Premierenabend: Was wäre, wenn auch nur ein einziger Akteur aus der Rolle fallen würde? Wenn er nicht mehr bereit wäre, *seinen* Text zu sprechen, weil er lieber ein anderer sein wollte? Große Verwirrung würde entstehen. Ein Weilchen gelänge es vielleicht den anderen zu improvisieren. Verzweifelt würden sie versuchen, das Stück wieder in die vom Regisseur vorgesehene Spur zu bringen. Früher oder später würde der Spielleiter den Vorhang fallen lassen, denn es wäre nicht mehr sein Stück. Verlierer wären alle …

Gott ist dieser Regisseur, und das Stück heißt: Die Geburt des Christus. Du bist einer der Mitspieler, deine Rolle ist perfekt auf dich zugeschnitten. Jedes Wort, jede Handlung, jede *Re*-aktion auf das, was die anderen Akteure bewirken, ist göttlich – und vorgesehen! Das mag dein begrenzter Verstand in Frage stellen, du, Seele, hast die Gewissheit, dass es so ist.

Gäbe Gott nur einem einzigen menschlichen Willen die Macht, aus der Rolle zu fallen und sein eigenes Schauspiel aufzuführen, wäre die Geburt des Christusbewusstseins nicht mehr möglich.

**Alles geschieht zur rechten Zeit. Alles geschieht im göttlichen Augenblick der Gegenwart, nach dem Willen Gottes und dem Einverständnis aller daran beteiligten Seelen.**

Du hältst nicht nur eine gewöhnliche Dattel in den Händen. Die ganze Schöpfungsgeschichte liegt vor dir! Ohne den Schöpfungsgedanken Gottes gäbe es die Erde nicht, wäre das Land nicht, in dem sie gewachsen und gereift ist. In ihr ist die Kraft der Schöpfung, die Kraft Gottes, enthalten. Sie hätte, wenn es die Vorsehung so wollte, ein großer Baum werden können, der tausendfach Datteln trägt. Glaubt dein begrenzter Verstand immer noch, es sei nur eine gewöhnliche Frucht? Das Leben/die Liebe/Gott ist der Meinung – und im Einssein damit du, Seele –, dass genau diese Dattel das ist, was du, hier und jetzt, am dringendsten benötigst: zu deiner Erkenntnis, zu deinem Wachstum, zur Erinnerung an das Geheimnis des göttlichen Augenblicks. **Du bist hier und jetzt der wichtigste**

**und einzige Empfänger all der Gaben, die diese Dattel anzubieten hat.**

Verspürst du die Größe und Wichtigkeit, die in meiner Aussage liegen? Nimmst du bereits jetzt in dir den Impuls zu gelebter Dankbarkeit wahr? Noch bevor du sie zu dir genommen hast? Gib ihm nach … Lass all deine Liebe, deine Achtsamkeit, deine völlige göttliche Gegenwärtigkeit, in das Geschenk in deinen Händen fließen …

Mach dir als Nächstes bewusst, wie wunderbar das Zusammenspiel der Materie ist, um eine solche Frucht wachsen und reifen zu lassen – Sonne, Gestirne, die Erde, die Elemente. Denk an die Geschöpfe, Transportmittel, Hilfsmittel, die nötig und beteiligt sind, bis die Frucht bei dir ankommt. Millionen Menschen sind nötig, bis sie in deiner Hand liegt! Du stellst meine Aussage in Frage? Dann überlege einmal, wer all die Straßen gebaut hat, auf denen sie transportiert wurde … Wer all die Fahrzeuge und Maschinen entwickelt, hergestellt, repariert, gelenkt und bedient hat, die zur Ernte, zur Bearbeitung, zum Transport, zum Verkauf nötig waren … Wie viele Menschen in verschiedenen Ländern an Schreibtischen und Computern Bestellungen und Rechnungen hin- und herschickten … Die letzten Beteiligten in dieser langen Reihe waren die Mitarbeiter des Geschäftes, in dem die Frucht auf ihre Bestimmung wartete. Mit ihnen allen verbindet dich die Dankbarkeit für diese Dattel …

Nimm sie nun mit dem Geruchssinn wahr …

Wusstest du, dass in Datteln so viel Energie und lebenswichtige Nährstoffe enthalten sind, dass Menschen mit einer Handvoll dieser Früchte und ausreichend Trinkwasser tagelang in einer Wüste überlebt haben?

Und nun, endlich: Genieße sie mit deinem Geschmackssinn und bedenke diesmal, dass du kein Beuteschlinger bist! Sei wieder wie ein Kind. Entdecke die Frucht zunächst mit deiner Zunge. Werde dir bewusst, wie geschickt dieser kleine Körperteil mit der Nahrung umgeht. Du kannst mit der Zunge sogar die Dattel öffnen.

Kaue sie nun ganz bewusst, doch ohne zu schlucken. Sie füllt nach und nach die ganze Mundhöhle aus und schenkt dir, in diesen Augenblicken, die Fülle und Süße des Lebens. Staunend kannst du wahrnehmen, wie sich ihr materieller Anteil fast völlig im Mund auflöst. Nur ganz wenig Materie bleibt von ihr übrig! Das Wesentliche ist die Energie, die sie dir schenkt! Ist es nicht ein Wunder? Die Frucht gibt dir in diesem Augenblick der Gegenwart alles, was du hier und jetzt nicht nur für deinen Körper benötigst. Sie gibt sich dafür ganz auf, völlig dir hin – und ermöglicht dir, falls du es annimmst, das Erleben des göttlichen Augenblicks!

Bist du dir bewusst, dass du jetzt über einen beachtenswert langen Zeitraum mit all deinen Sinnen in der Gegenwart warst? Erstaunlich!

Würdest du dich bei jeder Nahrungsaufnahme so bewusst und dankbar verhalten, bräuchtest du nur einen Bruchteil der Materie, die du beim achtlosen Hinunterschlingen zu dir nimmst. Mach die Nahrungsaufnahme wieder zum genussvollen Entdecken, das dich, Seele, sättigt und dir die gelebte Dankbarkeit ermöglicht.

Bei so angenehmen Erlebnissen fällt es dem Verstand leicht, die ‚Weil-Dankbarkeit' zu praktizieren. Doch wie kannst du, Seele, ihn dazu bringen, auch in unangenehmen, schmerzhaften Umständen die Dankbarkeit zuzulassen, die du, Seele, verkörperst? Wie soll er für Krankheit dankbar sein? Welchen Gewinn soll er darin erkennen, dass der Körper vor Pein schreit?

Nimm nun den kleinen Stein zur Hand und lege ihn in deinen Schuh, direkt unter die Ferse. Gehe mit dem Stein im Schuh mehrmals durch das Zimmer …

Dein Körper gibt den Impuls des Schmerzes unverzüglich an den Verstand weiter, ganz gleich, welche Wichtigkeit ihn gerade noch beschäftigt hat, ganz gleich, in welchen Illusionen von Vergangenheit oder Zukunft er eben noch schwelgte. Er setzt für die eingehende Meldung sofort oberste Priorität! Du erkennst daran:

**Schmerz sorgt unverzüglich dafür, dass der Verstand in den Raum der Gegenwart zurückkehrt!**

Kein Platz für Gedanken an die Vergangenheit, kein Raum für Gedanken an die Zukunft! Schmerz schränkt die Denkfähigkeit des Menschen ein.

**Hier und jetzt gilt es für deinen Verstand, nach einer sofortigen Lösung zu suchen!**

So wird die erste Frage, die er stellt, lauten: ‚Was kann ich ***gegen*** den Schmerz tun?‘ Als naheliegendste Antwort bietet er bei unserer Übung an: ‚Sofort den Stein aus dem Schuh entfernen – und das Problem ist gelöst.‘ Dass der Stein kein ‚Problem‘ ist, sondern etwas ganz anderes dahintersteht, ignoriert er. Dass der Stein dich nicht zufällig gerade jetzt ausbremst, zieht er nicht in Betracht. Er will nur eines: Sobald das Weitergehen wieder schmerzfrei möglich ist, zum alten, vertrauten Denken mit all dem Planen, Wollen und Müssen zurückkehren.

Da du, Seele, verantwortlich und fürsorglich mit deinem Körper, der dir als Transportmittel dient, umgehst, steht selbstverständlich an erster Stelle, das Notwendige zu tun, um die Schmerzen zu lindern. Keine Seele hat Interesse daran, den Körper bei schweren Verletzungen verbluten zu lassen, weil Erkenntnis über Erleben gestellt würde. Doch kann ein ‚Nur-**gegen**-das-Symptom-etwas-Tun' von der Seele auf Dauer nicht unterstützt werden. Denn die im Schmerz enthaltene Botschaft könnte durch eine vorschnell eingeworfene Schmerztablette – oder den in unserer Übung aus dem Schuh herausgenommenen und achtlos zur Seite gelegten Stein – nicht erkannt werden. Ist es da ein Wunder, wenn die Kopfschmerzen stärker – und die Stolpersteine größer werden?

So kann die heilsame Frage im Interesse der Seele nur lauten: ‚Was kann ich hier und jetzt ***für*** mich tun?' Die erste Maßnahme besteht darin, **bewusst** stehenzubleiben, innezuhalten! Jedes Ausbremsen hat einen Sinn!

Somit hat der Schmerz deinem Menschsein das erste Geschenk gemacht: Der Verstand wurde zurück in die Gegenwart geholt, um nun optimal, als dein Diener, in Ruhe und fürsorglich **für** den Körper zu handeln – und damit offen zu sein für die Erkenntnis, die darin liegt.

Sobald erste Hilfe geleistet ist und du ruhig und schmerzfrei durchatmen kannst, ist es Zeit, die Frage, um die es wirklich geht, zu stellen: **‚Was fehlt mir, hier und jetzt?'**

Erinnere dich an deine Kindheit: Wenn du dir das Knie blutig aufgeschlagen hattest, ranntest du weinend zu deiner Mutter. Die Gewissheit, dass sie dich fürsorglich verarztet – und tröstet, war selbstverständlich. Das größte Geschenk für dich war, dass du in ihrer Fürsorge die Liebe zu dir fühltest. So verwandelten sich deine Tränen in Dankbarkeit.

Wenn du wieder zum Kind wirst, gibt nicht der begrenzte Verstand auf die Schlüsselfrage ‚Was fehlt mir?' Antwort, sondern das Leben/die Liebe/Gott selbst! Auf eine Art und Weise, die die menschlichen Möglichkeiten unvorstellbar übersteigt.

**Der Schmerz ist der Führer zu Erkenntnis, Wachstum und Liebe.**

Oft lautet die Antwort auf die Schlüsselfrage: ‚Achtsamkeit. Mir fehlt Achtsamkeit. Ich war mit meinen Gedanken in der Vergangenheit/der Zukunft und habe nicht auf den Augenblick geachtet.' Du erkennst, dass erst der Schmerz dich zurückgeholt hat, und kannst dankbar sein.

Dankbarkeit für Schmerz? Für Unglück und Leid? Für den Verstand unvorstellbar, für den Körper qualvoll, für die Seele eine Selbstverständlichkeit.

Ich habe Verständnis, dass meine Aussage vom begrenzten Menschsein her gesehen zunächst abgelehnt werden **muss**. Vielleicht wird es für dich annehmbarer, wenn ich als Beispiel den Geburtsvorgang anführe: Jede Frau, die auf natürliche Weise ein Kind zur Welt gebracht hat, wird bestätigen, dass die Wehen mit unvergleichlichen körperlichen Schmerzen einhergehen. Während der Geburt bleibt einer Frau keine Zeit, mit ihren Gedanken in die Zukunft oder die Vergangenheit zu schweifen. Der Schmerz hält sie völlig im Augenblick der Gegenwart gefangen, denn nur im göttlichen Augenblick ist der Geburtsakt zu meistern, sind die Wehen zu ertragen, jetzt … und jetzt … und jetzt …

Und dennoch: Ist es nicht für eine Frau, die ihr Neugeborenes zum ersten Mal in ihren Armen hält und an die Brust legt, ein zutiefst beglückendes, mit nichts zu vergleichendes Erleben? Ein Gefühl völliger Hingabe, die Ahnung einer Liebe, die vorher nie für möglich gehalten wurde? Glückseligkeit trotz der eben erlittenen körperlichen Pein, ja: Dankbarkeit **für** die Schmerzen, die das Geschenk des neuen Lebens erst ermöglicht haben.

Auch für das Kind, das sich durch einen offensichtlich viel zu engen Geburtskanal in dieses Leben quält, ist es ein Erleben, das sich kein menschlicher Verstand je wünschen würde. Wie gut, dass er zu diesem Zeitpunkt noch nichts zu melden hat …

Frag einen Menschen, der Schweres durchlebt, durchlitten und überstanden hat, nach seinem inneren Verhältnis dazu. Viele werden, mit zeitlichem Abstand, voller Dankbarkeit über eine Veränderung in ihrem Leben berichten, über ein Wachstum und darin enthaltene Erkenntnisse, die ohne das Schmerzhafte nicht möglich gewesen wären. Vielleicht würde sogar einer von ihnen, mit dem Lächeln des Weisen auf den Lippen, sagen:

## „Der Schmerz ist für mich die Mutter der Erkenntnis."

Wenn du dies für dich noch nicht bejahen kannst, so darf ich dir ein paar Beispiele nennen, die dich zum Nachdenken anregen können:

Entsteht nicht nach erbarmungslos ausgetragenen Streitigkeiten durch die Sehnsucht nach Frieden schließlich eine Versöhnung, die sogar zu einem *neuen* Miteinander führen kann?

Wird nicht in einem Menschen, dem keinerlei Achtung entgegengebracht wird, die Sehnsucht nach Anerkennung so groß, dass er aus der Abhängigkeit von anderen herausgeht und beginnt, sich selbst zu achten?

Wird nicht nach langer Zeit der Traurigkeit durch die Sehnsucht nach Freude der Weg dahin geöffnet?

Ich könnte meine Beispiele noch lange fortsetzen. Sie alle zeigen, dass auch in dunkel verpackten Geschenken der Gegenwart wunderbare Wachstumsmöglichkeiten für die Seele verborgen sind. Vorausgesetzt, sie werden angenommen – und ausgepackt. Dazu ist Vertrauen erforderlich: Vertrauen in die göttliche Vorsehung und in dich selbst, göttliche Seele.

Es gibt eine Schlüsselfrage, die du dann einsetzen kannst, wenn dein Verstand ein himmlisches Geschenk aufgrund der Verpackung ablehnt und versucht, dich durch eine kurzsichtige Bewertung in Angst zu versetzen: ‚Welche Eigenschaft bräuchte ich hier und jetzt, um im Vertrauen und im inneren Frieden zu bleiben?' Die Antwort, die direkt aus der Seele entsteigt, benennt gleichzeitig den Inhalt des ‚Pakets', das zur rechten Zeit geliefert wird.

Ein alltägliches Beispiel kann es verdeutlichen: Du bist mit dem Auto unterwegs zu einem wichtigen Termin und ein vor dir im Schneckentempo Fahrender bringt dich aus dem inneren Frieden. Für den Verstand naheliegend ist ein Bewerten, ein Verurteilen: ‚Sonntagsfahrer! Opa! Der sollte leichter mit dem Rollator fahren.' Auf die Schlüsselfrage erhältst du dagegen von deinem höheren Selbst die Antwort: ‚Geduld! Das Geschenk des Augenblicks ist Geduld! Nimm es an!'

Bei besonders ‚schweren' Paketen wirst du nicht alleingelassen. Jedem Menschen, der Hilfe braucht, wird einer zur Seite gestellt, der ihm hilft: beim Annehmen, beim Tragen, beim Auspacken, beim Erkennen.

Gerade in diesen Übungen des Annehmens und Zulassens kommen die Gaben und Talente zum Vorschein und zum Einsatz, die du, Seele, in dieses Dasein mitgebracht hast. Erinnerst du dich an das Bild des Theaterstücks? Der Regisseur, sprich: Gott, hat dir deine Rolle mit allen ihren Anforderungen auf den Leib geschrieben. Ist es da nicht selbstverständlich für Ihn, dass Er dir auch alle dazu nötigen Talente und Requisiten zur Verfügung stellt?

Ich schenke dir an dieser Stelle einen Segen:

**„Gesegnet bist du**

- **mit der Klugheit, dich und das, was du tust, nie mit anderen zu vergleichen, denn dazu bist du viel zu einmalig.**

- **mit dem Mut, alle deine Gaben und Talente zum Einsatz zu bringen, zu deiner Freude und zum Wohle des Ganzen.“**

Ich schlage mein inneres Bilderbuch ein letztes Mal auf:

Schau dir in der Innenschau einen großen Garten an. Überleg nicht lange, wandle wahrnehmend in ihm herum:

Wachsen Bäume und Sträucher, die in Blüte stehen oder bereits reifende oder reife Früchte tragen? …

Sind Beete auf fruchtbarem Boden angelegt und bieten Gemüse verschiedener Art an? …

Sind Heilkräuter zu finden? …

Ist ein Komposthaufen zu sehen, in dem aus Altem, Abgestorbenem und Abgelegtem nahrhafter Boden entsteht? …

Erkennst du ungenießbare Pilze und andere unbekömmliche Pflanzen? …

Wuchern an einigen Stellen rankende Pflanzen, die anderen den Lebensraum streitig machen und überhandnehmen könnten? …

Sind ruhige und stille Plätzchen da, um auszuruhen? …

Der Garten grenzt an ein Grundstück, auf dem ein Haus steht. Wie groß ist das Wohngrundstück? …

Wie groß ist das Haus? …

Wirkt es auf dich einladend? Oder gäbe es viel zu renovieren? …

Wuchern vom Garten her Pflanzen in den Hausbereich? …

Findest du eine Mülltonne? Ist sie in Gebrauch oder steht sie nutzlos herum? …

Zeigt der Blick vom Grundstück weg eine helle, freundliche Gegend – oder ist es eher so, dass du nicht ohne Angst oder Bedenken aus dem Haus treten würdest? …

Wie hoch ist der Gartenzaun bzw. die Mauer zur Straßenseite? …

Ist die Straße, die zum Grundstück führt, übersichtlich? …

Oder ist sie rechts und links mit angstmachenden Schildern oder mit Werbetafeln bestückt, die Wünsche erwecken? …

Du hast eben einen verschlüsselten Blick in deine Vergangenheit, deine Gegenwart und in die Vorstellung deiner Zukunft geworfen.

Der Garten ist Sinnbild für die Vergangenheit. Vieles, das jetzt erst reift, hast du vor langer Zeit ausgesät oder gepflanzt, bist immer wieder zurückgekehrt, um es zu nähren, zu wässern, zu pflegen. Zeigt dein inneres Bild gesunde und nahrhafte Früchte und Heilkräuter, so kannst du dich an vielen Erkenntnissen und Talenten erfreuen, die durch die Zeit gereift sind. Ungenießbares und Unbekömmliches dagegen sind ein Synonym für lange gehegten Groll und Schuldzuweisungen, die dich immer wieder aufs Neue verführen, sie in die Gegenwart zu holen und Giftsüppchen zu kochen, die dir erneut den Magen verderben …

Hast du einen inneren Platz des Friedens und der Besinnung wahrgenommen, so gibst du dir ZeitRaum für dankbare Erinnerungen an wertvolle Begegnungen und Umstände und kehrst mit neuer Kraft in die Gegenwart zurück.

Der Komposthaufen steht für alles, was du im inneren Frieden losgelassen hast, damit es sich verwandeln kann in Dankbarkeit.

Wuchernde Pflanzen, die in den Hausbereich hinüberwachsen, geben Aufschluss über einengende, alte Angst- und Schuldgedanken, die von deinem Verstand immer wieder mit Energie versorgt werden. Du gibst ihnen damit die Macht, deine Gegenwart zu beeinträchtigen! Denn: Das angrenzende Haus steht für die Gegenwart.

Am Größenverhältnis zwischen Garten- und Hausbereich erkennst du, was du höher wertest: die Vergangenheit oder die Gegenwart. Sollte ein Haus nicht wichtiger sein als ein Garten? Zwei Zimmer in diesem Gebäude sind besonders bedeutsam: das Zimmer des Vertrauens und der Raum der Liebe. Hier gibt es für dich beständig Arbeit. Nimmst du sie an, erlebst du etwas Wunderbares: Das Haus wächst, denn die beiden Zimmer dehnen sich immer weiter aus. In den Vertrauens- und Liebesräumen bist du immer willkommen. Hier kannst du auch verweilen, wenn der Augenblick zur Meditation einlädt … wie jetzt …

Alle Begegnungen, alle Umstände, die du benötigst, werden dir zur rechten Zeit frei Haus geliefert.

Manches, das dir das Leben/die Liebe/Gott im Augenblick der Gegenwart zuleitet, gefällt deinem Verstand ganz und gar nicht. Oft lässt er sich von Angst leiten und lehnt dunkel Verpacktes ab. Es nützt ihm nichts. Du, Seele, hast es selbst bestellt. Das Leben wird immer wieder anläuten, so lange, bis es angenommen ist. Falls deinem Menschsein zunächst die Kraft zum Auspacken fehlt, leg das Paket zur Seite. Zur rechten Zeit wirst du es öffnen. Bedenke: Solange es nicht ausgepackt ist, hast du keinen Zugang zu den Erkenntnissen, die darin verborgen sind. Und wer weiß? Vielleicht ist der Inhalt die letzte Zutat für Talente und Gaben, für die jetzt die Zeit reif ist?

Ein anderes Mal fallen dir Samen entgegen und du weißt nicht, was daraus erwachsen wird. Vertraue sie dem Garten der Vergangenheit an, du weißt doch um den Absender! Wie ich das meine? Du brauchst nicht tage- und nächtelang darüber nachzugrübeln, was wohl aus einem dir noch unverständlichen Umstand werden könnte. Erinnere dich: Gedanken an die Zukunft kosten nur unnötig Energie. Lass es im Vertrauen und im inneren Frieden los. Genau dadurch bekommt es im Raum der Vergangenheit nahrhaften Boden – und die Zeit, die es braucht, bis es dir zum Nutzen gereicht.

Dinge, die dir bereits gedient haben, kannst du dem Kompost der Dankbarkeit zuführen. Dort werden sie umgewandelt in Nährboden für das noch zu Säende, noch zu Reifende. Halte nichts fest, es verschließt nur deine Hände.

Immer wieder ist es notwendig, in die Gegenwart Wucherndes zu beseitigen und ihm den Nährboden zu entziehen.

Ebenso haben augenscheinlich giftige Pflanzen, wie lange gehegter Groll und Schuldzuweisungen gegenüber dir selbst oder anderen, nichts in der Gegenwart verloren. In der äußeren Realität wird bei einer Pilzvergiftung der Magen ausgepumpt. Unverdauliches wird ‚erbrochen', das dem Körper Schädliche wieder nach ‚oben' geholt. Dies ist kein angenehmes Erlebnis, doch überlebenswichtig. Verfahre auch mit langgehegtem inneren Groll so: Hol ihn bewusst in die Gegenwart, auch wenn er unappetitlich ist. Schenk dir, Seele, die Möglichkeit, die Wachstumsvitamine namens Verständnis, Liebe und Vertrauen herauszuziehen – und führe das, was von ihm übrig bleibt, dem Kompost der Dankbarkeit zu.

Doch auch die Phasen der Erholung dürfen nicht zu kurz kommen. Da bieten sich die Erinnerungsbänke in deinem Garten der Vergangenheit an. Es ist etwas Wunderschönes, bewusst dort Platz zu nehmen und in Gedanken an zurückliegende, beglückende Umstände und Begegnungen zu schwelgen. Das hat nichts mit Lebensflucht zu tun! Die Bereicherung, die du aus solchen Besuchen mitbringst, heißt ‚dankbare Erinnerung' und lässt die Räume des Vertrauens und der Liebe sich weiter ausdehnen.

Mit meiner Erklärung ist auch die Frage beantwortet, ob es denn überhaupt empfehlenswert sei, den Raum der Vergangenheit aufzusuchen: Ja, wenn der Besuch deiner Erkenntnis, deinem Wachstum und der Dankbarkeit dient!

Betrachte dir nun den Mülleimer, der im Hausbereich, in der Gegenwart, bereitsteht. Welchem Zweck dient er? Auf ihm steht geschrieben: ‚Illusionen'. Hier kannst du alles so schnell wie möglich entsorgen, was dein Verstand anschleppt an neuen Ängsten, Wünschen, Erwartungen, Enttäuschungen, Zweifeln und Schuldzuweisungen. Auch zu Ent-Sorgen-des aus dem Garten der Vergangenheit findet in ihm seinen Platz. Und natürlich das dunkle Verpackungsmaterial, in welches das von dir Bestellte ab und zu eingewickelt ist … Schlepp all dies nicht unnötig lang als schwere Last durch den Raum der Gegenwart, verstell dir damit nicht den Zugang zu den Liebes- und Vertrauensräumen und vermülle auch nicht den Garten der Vergangenheit damit.

Fragst du dich jetzt, wer diesen Mülleimer abholt, wenn er voll ist? Niemand! Denn in *dem* Augenblick der Gegenwart, in dem du etwas im Vertrauen loslässt, löst es sich, egal wie dein Verstand es auch bezeichnet hat, in ein Nichts auf.

Schau dir den Behälter doch genauer an: Auf seinem Deckel steht in goldenen Buchstaben: ‚Es ist, wie es ist – und dient dem Wachstum aller daran beteiligten Seelen.'

Wenden wir uns nun der Straße zu, die auf das Haus der Gegenwart zuführt. Falls das Grundstück in deiner Innenschau durch eine hohe Mauer oder einen unüberwindbaren

Zaun gegen sie abgeschirmt ist, so deutet dies auf Angst vor der Zukunft hin. Denn die Straße ist ein Symbol für das, was sich dein Verstand für die Zukunft ausmalt. Nur zu gerne würde er den Straßenverlauf planen, und rechts und links davon all das aufreihen, was ihm scheinbar zum Glücklichsein fehlt.

Für dich, Seele, bedeutet die Straße lediglich den Zubringer, den Lieferanten für den nächsten Augenblick der Gegenwart, nicht mehr und nicht weniger. Weiter brauchst du nicht zu denken, nicht zu blicken! Jeder Gedanke, der darüberhinausgeht, ist Energieverschwendung. Er hält dich davon ab, im gegenwärtigen Augenblick der Ewigkeit mit vertrauensvoll geöffneten Händen das Geschenk des ‚Hier und Jetzt' anzunehmen, das gleichbedeutend ist mit der Gegenwart Gottes und der Erkenntnis deiner eigenen Göttlichkeit.

Die letzte Seite meines Bilderbuches ist angeschaut. Ein Geschenk habe ich noch für dich: Ein Mantra, das dir in einem einzigen Satz ins Bewusstsein bringt, was ich dir mit so vielen Buchstaben, Worten, Sätzen, inneren Bildern, Übungen – und Empfindungen übermittelt habe:

## „Ich bin zur rechten Zeit am rechten Ort, um dort das Rechte zu tun.“[9]

Wenn du jetzt einen inneren Frieden verspürst, dann erinnert dich das Lied an deine göttliche ‚Vatersprache‘, deine Ursprungssprache! Du, Seele, hast sie vor dem ZeitRaum deiner Menschwerdung ‚gesprochen‘. Da sie ihren Ursprung in der Ewigkeit, der Unendlichkeit und im Einssein hat, kennt sie weder Gedanken und Worte der Vergangenheitsform noch der Zukunftsform. Jedes ‚Ich will‘ und ‚Ich muss‘ sind ihr fremd. Sie wendet weder ein ‚du‘ noch ein ‚wir‘ an. Jeder Gedanke, jeder Satz beginnt mit den göttlichen Worten: ‚ICH BIN …‘ und ‚ES IST …‘.

Ein paar Beispiele mögen dir Erinnerungshilfe sein: ‚ICH BIN dankbare Liebe. ICH BIN denkende Liebe. ICH BIN fühlende Liebe. ICH BIN sprechende Liebe. ICH BIN handelnde Liebe. ICH BIN wandelnde Liebe. ICH BIN vertrauende Liebe. ICH BIN göttliche Liebe.‘ ‚Es ist, wie es ist – und es ist gut.‘

Die gedachten oder gesungenen Worte „Ich bin zur rechten Zeit am rechten Ort, um dort das Rechte zu tun“ unterstützen dich dabei, dich wieder an die ‚Vatersprache‘, die Ursprungssprache der Seele, zu erinnern, denn sie ermöglichen dir, in dein Urvertrauen zurückzukehren.

Solange du ein kleines Kind warst, lebtest du ganz selbstverständlich die göttlichen Worte. Du hast sie verkörpert – und damit die Erwachsenen verzaubert. Haben doch die

---

9 Schlüsselsatz aus der Trilogie „Die Geschichte Jakobus‘ des Jüngeren“, Bezugshinweis, siehe Seiten 204/205.

meisten von ihnen vergessen, woher sie kommen, wohin sie gehen, wer sie sind. Stattdessen denken, fühlen und sprechen sie in der Sprache der Mutter Erde, der ‚Muttersprache'. Die Erde ist den Gesetzen der Materie unterworfen, der zeitlichen und räumlichen Begrenzung, der Vergänglichkeit. Sie liefert für den Verstand den Beweis einer Zukunft und Vergangenheit durch das auf sich aufbauende Keimen, Wachsen, Reifen und Vergehen alles Materiellen. Daraus leitet der menschliche Verstand ein ‚Es war …' ebenso ab wie ein ‚Es wird sein …' – und versinkt dadurch in Schuld, Angst und Wünschen. Sein Denken, Fühlen und Handeln wird bestimmt vom ‚Ich will', ‚Ich will nicht' und ‚Ich muss'. Hinzu kommt, dass er sich von allem, was außerhalb von ihm ist, getrennt sieht. Das setzt er um in den Worten ‚Du' und ‚Wir'.

Missgunst, Streit, Krieg, Gegeneinander im kleinen wie im großen Geschehen sind die Folgen. Empfundenes Leid, enttäuschte Hoffnungen, scheinbar berechtigte Angst! Daraus sollen Vertrauen und Dankbarkeit erwachsen? Dankbarkeit, die den Augenblick der Gegenwart und seine göttlichen Geschenke ermöglicht? Ja, denn genau aus diesem Grund bist du in die Materie gekommen, geliebte Seele!

Du wirst es erleben: Es wird für dich immer wertvoller und wichtiger, diese göttlichen Augenblicke bewusst zu erleben und aneinanderzureihen. Je besser es dir gelingt, desto leichter fällt es dir, in der ‚Vatersprache', der Ursprungssprache, zu denken und zu fühlen.

Sei nicht traurig, wenn sich deine innere Dankbarkeit und dein Vertrauen nicht in der äußeren Welt und der Reaktion anderer Menschen spiegeln. Es wird dir oft so vorkommen, als wärest du in einem fremden Land und dort gezwungen, die fremde Sprache zu sprechen, um verstanden zu werden. Wichtiger ist, in *deiner* ‚Vatersprache', deiner Ursprungssprache zu *denken*.

Vertrau darauf: Das Leben/die Liebe/Gott wird dich, Seele, mit anderen zusammenführen, die dich verstehen – und sich selbst in dir erkennen.

Wundere dich nicht, geliebte Seele, wenn jetzt … und jetzt … und jetzt … immer wieder aus deinem Inneren die Frage auftaucht: ‚Wo bist du?' Mein Dienst endet nicht mit dem letzten Satz meiner Erklärungen. ICH BIN DA, jetzt … und jetzt … und jetzt …, um dich an deine Gottes-Kind-schaft zu erinnern – und an das Lied:

**Ich bin zur rechten Zeit**

Ein passender Segen darf dich künftig begleiten:

**„Gesegnet bist du mit der Erkenntnis,**

- **dass sich jedes Mal, wenn deine Gedanken in die Vergangenheit gehen, eine Tür öffnet, durch die Schuld, Versäumnisse und Bedauern in deine Gegenwart kommen können.**

- **dass sich jedes Mal, wenn deine Gedanken in die Zukunft gehen, eine Tür öffnet, durch die Wünsche, Erwartungen, Enttäuschungen und Ängste in deine Gegenwart kommen können.**

- **dass der einzige ZeitRaum, in dem du lebst und auf das Leben *re*-agieren kannst, der Augenblick der Gegenwart ist, und du nur jetzt … und jetzt … und jetzt … erkennen, wachsen und reifen kannst.“**

## Eine kleine Zusammenfassung zum Thema

HIER und JETZT BIN ICH an dem einzigen Platz, an dem ich auf das Leben *re*-agieren kann.

HIER und JETZT nehme ich mit all meinen Sinnen den Augenblick der Gegenwart wahr – und an.

HIER und JETZT BIN ICH voller Dankbarkeit für die Geschenke, die das Leben in meine vertrauensvoll geöffneten Hände legt.

HIER und JETZT nutze ich alle meine Gaben und Talente, um das zu meistern, was das Leben von mir verlangt – zu meiner Freude und zum Wohle des Ganzen.

HIER und JETZT erinnere ich mich an meine Perlenkette der Achtsamkeit, die darauf wartet, um eine weitere Perle verlängert zu werden.

HIER und JETZT erinnere ich mich an den Schlüsselsatz, der mir hilft, im gegenwärtigen Augenblick zu verweilen, anstatt mich in die Illusionen der Vergangenheit mit ihrer Schuld – oder der Zukunft mit ihrer Angst zu verlieren:

**„ICH BIN zur rechten Zeit am rechten Ort, um dort das Rechte zu tun."**

## Jetzt … und jetzt … und jetzt

Die nachfolgende Geschichte entstammt Yaspers Buch „Ein Engel erzählt – Geschichten aus dem Garten Eden“ [10] und dient der Vertiefung des vorausgehenden Kapitels:

Es war einmal eine Menschenseele, die nicht mehr weiterkonnte. Zu schwer waren die Fesseln, die ihr ein Fortkommen verweigerten. In ihrer Not wandte sie den Blick zum Himmel und rief: „Gott, wenn es Dich gibt, hilf mir!“

Und Gott, der von sich sagt ‚Ich bin der *Ich Bin da*‘, hörte sie, rief einen seiner tüchtigen Engel zu sich und sprach zu ihm: „Geh hinunter auf die Erde und hilf dieser Menschenseele, frei zu sein, damit sie ihren Heimweg zu Mir fortsetzen kann.“

Der Engel machte sich unverzüglich auf den Weg, trat vor die mit gesenktem Kopf dastehende Menschenseele und fragte mitfühlend: „Was fehlt dir?“

„Ja siehst du denn nicht, dass ich nicht weitergehen kann, weil ich gefesselt bin?“, lautete deren Antwort.

„Zeig mir deine Fesseln“, bat der Engel.

Da wies die Seele weinend auf ihren linken Fuß und klagte: „Schau nur, die dicke Kette, die mich an die schwere Eisenkugel der Schuld bindet.“

Der Engel Gottes schaute genau hin, wiegte nachdenklich den Kopf hin und her und stellte schließlich fest: „Ich sehe die Kette und ich sehe die Eisenkugel, doch sehe ich auch etwas anderes: Unter der Eisenkugel befindet sich gar kein

---

[10] Bezugshinweis, siehe Seite 208/209.

Grund, kein Boden, auf dem sie aufliegt. So schwer kann sie also nicht sein!“

Da blickte die Menschenseele das erste Mal in ihrem Leben genauer hin und musste dem Engel Recht geben: Es war wirklich so, dass die Eisenkugel, an der sie so schwer trug, in der Luft schwebte wie ein Luftballon!

Der Engel klärte sie auf: „Die Last der Schuld, von der du dich so fesseln lässt, ist grundlos! Sie beruht auf der Illusion der Vergangenheit.“

Die Seele verstand nicht. Deshalb fuhr der Engel fort: „Dreh dich um, schau nach hinten und sag mir, was du siehst.“

Die Menschenseele tat es – und glaubte ihren Augen nicht zu trauen. Denn hinter ihr war – nichts, absolut nichts! Alles, an das sie sich in ihrer Erinnerung klammerte, alles, was ihr Schuld einredete, alle Schuld, die sie anderen gab – war Illusion, nicht mehr greifbare, grundlose Illusion!

Sie verstand! Auf absolut nichts, was vergangen war, hatte sie Einfluss! Als sie bei dieser Erkenntnis angelangt war, fühlte sich ihr linker Fuß leicht an. Erstaunt blickte sie nach unten und gewahrte, dass sich die Kette mitsamt der Kugel gelöst hatte und leicht wie ein Luftballon in den luftleeren Raum davonschwebte.

„Aber schau doch“, jammerte sie erneut, „an meinem rechten Fuß ist eine Kette mit einer echten Eisenkugel. Es ist die Angst, die ich vor der Zukunft habe. Sie hindert mich, meinen Weg fortzusetzen.“

Der Engel blickte neugierig nach unten und betrachtete diese Kugel, die noch schwerer aussah, als es die andere getan hatte. Wieder schüttelte er verwundert den Kopf, zeigte mit seinem Lichtfinger auf die Fessel und fragte: „Ja siehst du denn nicht, dass auch diese Kugel keinen Grund unter sich hat?"

Erstaunt schaute sich die Menschenseele die Kugel an und erkannte wieder, dass sie scheinbar in der Luft schwebte. Unter ihr befand sich tatsächlich kein Boden!

Der Engel erklärte geduldig: „Diese Last beruht auf der Illusion der Zukunft. Es gibt keine Zukunft! Es gibt nur die Gegenwart, das ewige Jetzt! – Schau nach vorn, was siehst du da?"

Die Seele warf einen angestrengten Blick in die angegebene Richtung, doch da war nichts, was für sie greifbar war, nichts, worauf sie vom jetzigen Standpunkt aus Einfluss hätte nehmen können. Bei dieser Erkenntnis angelangt, fühlte sie sich auf wundersame Weise frei! Als sie nach unten blickte, konnte sie gerade noch sehen, wie die eingebildete Kugel mitsamt der Kette in dem dunklen Nichts, das unter ihr war, verschwand.

Eine große Freude durchströmte sie. Sie verspürte in sich eine seit langem verloren geglaubte Freiheit. Doch nur für kurze Zeit ... Dann erschrak sie fürchterlich: Wenn hinter ihr nichts war und vor ihr nichts war, worauf stand sie dann? Sie streckte voller Angst die Hand nach dem Engel aus und schwankte wie ein Betrunkener hin und her.

Schnell packte der Engel zu, hielt sie mit festem Griff, schenkte ihr das Gleichgewicht und bat mit liebevoller Stimme: „Du stehst auf der einzigen Realität, auf dem einzigen Grund, den es gibt: Auf der ewigen Gegenwart! Schau doch!" Er wies dabei mit der freien Hand nach unten.

Zögernd und unsicher wandte die Seele den Blick dorthin. Und was entdeckte sie? Unter ihren beiden Füßen, die nun frei und ohne eingeredete Fesseln waren, befand sich eine Erdkugel, eine wunderschöne blaue Weltkugel, auf der sie alle Erdteile erkennen konnte.

Der Engel erklärte: „Du stehst auf deiner Erde, mitten in deiner Welt, jetzt, in diesem Augenblick. Ich gebe dir das Versprechen Gottes, dass du in diesem Augenblick von ihm alles bekommst, was du brauchst, und dass dir alles genommen wird, was dich in deinem Wachstum hindern könnte. Und nun – tu den nächsten Schritt, denn es wartet der nächste Augenblick auf dich."

Die Seele blickte nach vorn, doch da war nichts. „Schenke mir dein Vertrauen, mach deine Augen zu und gehe einfach weiter", machte ihr der göttliche Bote Mut.

Immer noch hielt sie seine Hand fest, schloss die Augen, tat einen Schritt dahin, wo nichts war – und hatte festen Grund unter den Füßen. Erstaunt schaute sie nach unten und entdeckte eine neue Welt, auf der sie stand. Schnell wandte sie sich um, um zu sehen, was mit der alten Welt geschehen war. Nichts, da war absolut nichts hinter ihr!

Der Engel forderte sie auf: „Tu den nächsten Schritt! Hinein in das nächste Jetzt! Und lass ohne jedes Bedauern das alte los!"

Sie tat es, diesmal mit geöffneten Augen, die erstaunt wahrnahmen, wie sich die Welt, auf der sie eben noch gestanden hatte, auflöste und gleichzeitig eine neue entstand, die ihr festen Halt – und Aufenthalt gab.

Die Sache begann ihr Spaß zu machen. Mit dem Engel an ihrer Seite fand sie Freude an diesem Wunder des ballastfreien Daseins. Sie tat die nächsten Schritte schon sicherer und schneller und sprach dabei: „Jetzt ... und jetzt ... und jetzt ...“

Aus dem Gehen wurde ein Hüpfen, ein Springen, ein Tanzen. Und jeder Fuß fand festen und sicheren Boden!

Doch plötzlich blieb sie erschrocken stehen: „Was geschieht aber, wenn ich müde bin und ausruhen möchte?“

Sie blickte in das lächelnde, von Licht durchflutete Gesicht des Cherubs und hörte seine liebevolle Aufforderung: „Schau nach unten.“

Sie gehorchte – und sah, dass sie diesmal auf einer großen Hand stand, die zur Schale geformt war. Der Engel fuhr fort: „Ruh dich aus, wenn du müde bist. Lege dich in die liebende Hand des Vaters. Er hält für dich die Zeit an, bis du genug Kraft hast, deinen Erdenweg fortzusetzen.“

Eine so große Liebe strömte von der göttlichen Hand zur kleinen Menschenseele, dass sie nicht lange überlegte, sondern sich mitten in die unbeschreibliche Liebe und Wärme schmiegte, die Augen schloss und auf der Stelle einschlief.

Vorsichtig strich der Engel mit seiner Hand über den Kopf der Seele, segnete sie und machte sich auf den Rückweg. Unverzüglich begab er sich zu Gott, der ihn schon lächelnd erwartete.

Und der Eine sprach: „Gut gemacht, Yasper.“

## Der Weg zu deinen inneren Quellen

Hier und jetzt biete ich dir an, gemeinsam mit mir eine Bergwanderung zu unternehmen, eine etwas andere Bergwanderung. Ich erfülle damit den Auftrag des Lebens/der Liebe/Gottes, dich an deine Quellen der Göttlichkeit zu begleiten, um sie dir wieder ins Bewusstsein zu bringen.

Es ist nicht notwendig, dass du jetzt deine Wanderschuhe schnürst. Du kannst ganz bequem sitzen bleiben, denn – die Quellen der Göttlichkeit liegen nicht irgendwo im Außen, sondern entspringen in deinem menschlichen Körper. Ja: Dein Körper ist der Berg, den es jetzt zu erkunden gibt.

Die einzelnen Quellen sind identisch mit den sieben Haupt-Chakren. Bis vor einigen Jahrzehnten waren im europäischen Kulturraum die Energiezentren nur wenigen Menschen bekannt. Mittlerweile sind sie durch die Yogalehre und viele Meditationsmöglichkeiten einer breiten Öffentlichkeit – und auch dir – nicht mehr fremd.

Bist du bereit? Dann reiche mir deine Hand.

Würden wir in der äußeren Realität losmarschieren, wäre – außer angemessener Bekleidung – etwas ebenso lebensnotwendig: die Mitnahme ausreichenden Trinkwassers. Es sei denn … du hättest die Gewissheit, dass auf dem Weg vom Fuß des Berges bis zu seinem Gipfel in regelmäßigen Abständen Quellen entspringen, aus denen reines, klares, kühles Wasser sprudelt. Quellen, die nie versiegen! Dann könntest du auf das Mitschleppen von Getränken, die du dir vorab für teures Geld in Pfandflaschen zu besorgen hättest, getrost verzichten.

Aber auch wenn du selbst um die Quellen nicht wüsstest, und mir, der ich den Berg kenne, dein Vertrauen schenktest, wäre der Aufstieg um Vieles leichter. Vertraust du mir? Wenn ja, dann lass uns die ersten Schritte tun!

Bei einer Wanderung in der äußeren Realität stünden wir jetzt am Fuß des Berges und würden Schritt für Schritt dem Gipfel zuwandern. Unsere innere Exkursion läuft ein wenig anders ab: Spiralförmig geht es auf und ab. Da die einzelnen Quellen aber nur einen Gedankensprung voneinander entfernt liegen, ist dies nicht anstrengend. Der Grund dafür wird sich dir nach und nach erschließen …

Die erste Quelle, an die ich dich begleite, entspringt deinem Herz-Chakra, in der Mitte deiner Brust. Sie liegt inmitten sattgrüner Wiesen, und auch das Wasser, das aus ihr sprudelt, hat die heilsame Farbe Grün. Es ist die **Quelle der bedingungsfreien, erwartungsfreien Liebe Gottes**! Einer Liebe, die Er sich selbst schenkt! Sich selbst – und allem, was Er aus sich heraus erschafft. Könnte Gott je aufhören, sich selbst zu lieben? Das Wasser, das hier entspringt und nie versiegen wird, sprudelt nur für dich!

Du kannst, wenn du möchtest, deine Hände auf die Mitte deiner Brust legen und ein paar Minuten hineinfühlen …

Spürst du deinen Herzschlag? Mach dir bewusst, dass dein Herz das erste Organ war, das sich bei deiner Menschwerdung im Leib deiner Mutter entwickelte. Es war nicht dein Verstand, von dem du dir immer wieder einreden lässt, er wisse, was gut für dich, Seele, sei …

Jetzt kennst du den Grund, weshalb ich unsere Quellen-Erinnerungswanderung genau hier beginne. Nicht dein Verstand, nicht das menschliche Ego, nicht der menschliche Wille sind der Grund deines Daseins. Die Liebe Gottes ist der Ursprung allen Seins, somit auch der Ursprung deines Lebens!

Würde die Quelle aus deiner begrenzten und begrenzenden Liebe gespeist, so würde sie sofort versiegen, sobald du auch nur einen einzigen Menschen, ein Wesen, einen Umstand – oder dich selbst bewertest, verurteilst und aus deiner Liebe ausschließt.

Die meisten Menschen wissen überhaupt nicht um diesen Ursprung der Liebe in sich selbst. Da aber kein Mensch ohne Liebe leben kann, sind sie beständig auf der Suche danach. Nur: Sie suchen nicht in ihrem Inneren, sondern im Außen! Du erkennst sie an ihrer Abhängigkeit. Um ein wenig Liebe, Anerkennung, Beachtung oder ein kleines Lob zu bekommen, sind sie bereit, alles zu tun. Sie verbiegen sich, verleugnen sich, machen sich selbst und anderen etwas vor – und können ihren ‚Durst' doch nicht stillen. Sie sind diejenigen, die mit ‚Pfandflaschen' unterwegs sind, voller Angst, leer auszugehen. Und wer füllt ihnen die Flaschen? Du ahnst es schon: Es sind ebenso Suchende und Dürstende, die ihre innere Quelle noch nicht gefunden haben. Sie sind sehr wählerisch und stellen viele Bedingungen, bevor sie ein wenig aus ihrer eigenen Pfandflasche hergeben. Oft ist es nur ein Tausch: ‚Gibst du mir ein wenig Liebe, bekommst du dafür ein wenig von mir.' Dabei tauschen sie nur Zuckerwasser aus, das den Durst nicht stillt, sondern weiter verstärkt …

Andere wiederum versuchen, sich von ihren Mitmenschen Liebe zu kaufen oder zu erpressen.

Kannst du das Geschenk in seiner ganzen Tiefe erfassen, das Gott dir mit der inneren Liebesquelle macht? Fällt es dir in deiner Minderwertigkeit und deiner Illusion des Getrenntseins von Gott tatsächlich so schwer, Seine Liebe anzunehmen? Dich ihr wert zu fühlen?

Stell dir vor, du kämest nach einem anstrengenden Aufstieg, verschwitzt und durstig, an eine Quelle, aus der kühles, klares, reines Wasser fließt. Käme es dir da etwa in den Sinn, abseits stehenzubleiben, weil du dich ob deines Verschmutztseins nicht würdig und wert fühlst, davon zu trinken? Nein, du wärest erfüllt von Dankbarkeit und würdest, ohne zu zögern, dieses Geschenk von Mutter Erde annehmen. Ein Geschenk, das sie gerade dir anbietet, hier und jetzt!

Glaubst du wirklich, Gott liebte dich weniger als es Mutter Erde in Seinem Auftrag tut? Bietet eine Quelle nicht jedem ihr lebensspendendes Nass an? Glaubst du tatsächlich, Gott knüpfte an Seine Liebe Bedingungen?

Es gab in deinem Leben eine Zeit, da warst du dieser Quelle so nahe, dass du gar nicht auf den Gedanken kamst, im Außen danach zu suchen. Diese Zeit dauerte eineinhalb Jahre lang! Die Liebe, die aus dieser Quelle floss, durchströmte dich so stark, dass jeder Mensch, der in deiner Gegenwart war, berührt und beglückt davon wurde. Du erinnerst dich nicht mehr daran? Es waren die ersten Monate deines menschlichen Lebens! Du warst zwar auf die Fürsorge deiner Eltern angewiesen, was das Körperliche betraf, doch das Wichtigste im Leben eines Menschen trugst du *in* dir! Die bedingungsfreie, erwartungsfreie Liebe Gottes!

Erst als du begannst, Worte zu verstehen und Worte zu sprechen, richtetest du deinen Fokus vom Göttlichen in dir auf das Menschliche und Materielle außerhalb von dir. Sehr schnell merktest du, dass die Liebe, die dir deine Eltern anboten, an Bedingungen und Erwartungen geknüpft war: „Wenn du jetzt brav bist, hat dich die Mama lieb." „Wenn du weiterhin so trotzig bist, hat dich die Mama nicht mehr lieb." Was blieb dir denn in deinem Durst nach Liebe anderes übrig, als die Bedingungen und Erwartungen der Menschen in deinem Umfeld zu erfüllen?

Hier und jetzt kannst du dich aus diesen Abhängigkeiten von anderen Menschen befreien: Trete bewusst an die

Quelle der bedingungsfreien Liebe Gottes heran, bücke dich, fülle deine Hände mit dem heilsamen, stillenden Nass und trinke, so viel du von dieser Liebe brauchst …

Hörst du, was das Wasser murmelt? **„Ich liebe mich selbst, so wie ICH BIN!"** Die göttliche Feststellung ist ein Versprechen an dich, denn: Je mehr und je öfter du dich von diesem Ursprung der Liebe nährst, umso mehr wird der Satz zu deiner eigenen Gewissheit.

Noch etwas kannst du, während du deinen Durst stillst, voller Dankbarkeit wahrnehmen: Die Quelle strömt so stark, dass ein kräftiger Wasserlauf unablässig in dein Leben fließt, bildhaft gesprochen: bergab fließt. Wohin und wozu? Das erschließt sich dir erst im Laufe unserer Wanderung …

Sei dir bewusst: Die Quelle der bedingungsfreien und erwartungsfreien Liebe Gottes entspringt und fließt in jedem Menschen, ganz gleich, ob er darum weiß oder nicht, ob er es annimmt – oder ablehnt! Diese Erkenntnis schenkt dir die Möglichkeit, dich auch aus der Abhängigkeit derjenigen zu befreien, die von dir Liebe erwarten oder verlangen. Fall nicht auf dein Ego herein, wenn es dir einreden will, du wärest verpflichtet, von deiner Quelle der Liebe Pfandflaschen abzufüllen, um den Durst deiner Mitmenschen zu stillen. Die Abhängigkeit, in die du sie damit führen würdest, würde dir bald den Weg zu deiner Quelle verwehren. Jedes ‚Ich muss' und ‚Ich will' sind wie Steinschläge, die den Weg zu den inneren Quellen verschütten …

Sei stattdessen lebender Beweis dafür, dass es eine Liebe gibt, die keinerlei Bedingungen stellt, keine Erwartungen hat, sondern einfach IST. Nur so erinnerst du Menschen an ihre eigene Quelle.

Lass uns die Wanderung fortsetzen: Wir machen einen kleinen Gedankensprung bergab zum Solarplexus, ein Stück oberhalb deines Bauchnabels. Dieser Bereich trägt auch den Namen ‚Sonnengeflecht' und erinnert so an die Kraft und Wärme der Sonne. Wenn du möchtest, kannst du auch hier deine Hände auflegen – und hineinspüren.

Eine kraftvolle Quelle entspringt an dieser Stelle, du kannst ihr Pulsieren in den Händen fühlen! Hier entspringt und strömt, unablässig und unversiegbar, die Glaubenskraft und Willenskraft Gottes in dein Leben. Es ist ein gelber Wasserstrom: stärkend, heilend, wärmend. Die Energie der Sonne, die das Leben auf dem Planeten Erde erst ermöglicht, schenkt eine kleine Ahnung dieser göttlichen Willenskraft. Kennst du den Ausspruch: „Der Glaube versetzt Berge"? Damit ist die Kraft dieser Quelle gemeint!

Doch warum machen die meisten Menschen aus Angst einen so großen Bogen um sie? Gehörst auch du zu ihnen? Viele Christen würden einen Satz des Vater-Unser-Gebetes am liebsten auslassen: „Dein Wille geschehe, wie im Himmel, so auf Erden." Sie haben Angst vor diesem Willen Gottes! Angst vor einem willkürlichen Gott! Sie können bis heute nicht verstehen, was Jesus durch seine völlige, vertrauensvolle Hingabe an ebendiesen Willen Gottes vorgelebt hat.

Stattdessen konstruieren sie sich ihre eigene Glaubens- und Willenskraft, würden sie doch ganz ohne Glauben in einem Sumpf aus Angst untergehen. Sie töpfern sich in ihrem Verstand einen Krug und schreiben voller Überzeugung darauf: ‚Mein Glaube'. In ihn füllen sie das, woran sie glauben *wollen*: „Ich glaube, dass ich Kraft meines positiven Denkens und meines starken Willens ein glückliches Leben in Gesundheit und Reichtum erreichen kann." „Ich glaube an die Heilkraft der Medikamente, die mir der Arzt verschreibt." „Ich glaube an den Heiler, der mir Gesundheit verspricht." „Ich glaube an die Liebe und Treue meines Partners."

Sind dies wirklich Glaubensgrundlagen, auf die ein Mensch bauen kann? Nein, es sind allesamt Erwartungen, Wünsche, Hoffnungen, die auf Ängsten gründen! Denn: Was die meisten der Töpfernden lange Zeit nicht erkennen wollen, ist: Ihr Glaubenskrug hat einen großen Sprung im Boden, aus dem all ihre Erwartungen, Wünsche und Hoffnungen wieder herausrinnen, als Ängste und Enttäuschungen wahrgenommen und mit Schuldzuweisungen beantwortet werden. Wieviel Energie verbraucht ein Mensch beim beständigen Nachfüllen seines Kruges! Wieviel Kraft kostet seine Suche nach dem Schuldigen, wenn seine Erwartungen nicht erfüllt wurden! Wie anstrengend ist all das Bewerten und Verurteilen!

Irgendwann, der eine früher, der andere später, macht sich jeder Mensch auf die Suche nach einer Glaubensquelle, die tiefer gründet. Dann erst ist er bereit, sich dem Willen Gottes zu unterstellen. Einem Willen, der weder willkürlich noch berechnend ist, sondern für jede einzelne Seele optimales Wachstum garantiert!

Kannst du hören, was die Quelle Gottes, an der wir jetzt stehen, murmelt? **„Ich glaube an mich selbst, denn Mein Wille geschieht."**

So schöpfe jetzt mit beiden Händen aus der Quelle der göttlichen Glaubens- und Willenskraft und freue dich daran, wie viel davon in jedem Augenblick in dein Leben fließt. Je öfter du dir das bewusst machst, je öfter du aus dieser Quelle schöpfst, umso unerschütterlicher wird in dir die Gewissheit: „Ich glaube an mich selbst. Ich glaube an das Gelingen meines Lebens, meines Auftrages, an das Erreichen meines Seelenzieles."

Die Gewissheit Gottes, dass genau *dein* Dasein richtig und wichtig ist, hat dich in dieses Leben geliebt, und die Glaubens- und Willenskraft Gottes hat dich bis hierher geführt, ja: getragen! Sie hat dich zu dem gemacht, der du bist. Aus dieser Quelle hast du dich die ersten Monate deines Menschenlebens ganz selbstverständlich genährt! Du unterstelltest dein ganzes Dasein dem Glauben Gottes und gabst dich Seinem Willen völlig hin. Dadurch hatte nicht der kleinste Zweifel Platz in dir! Bis du das begrenzte und begrenzende Denken der Erwachsenen kopiertest – und dein kleiner menschlicher Verstand begann, einen Glaubenskrug zu töpfern …

An der Kraft der Quelle hat sich seither nichts geändert. Nichts kann ihr Wasser je trüben, nichts den Glauben Gottes an sich selbst schmälern, nichts den Willen Gottes außer Kraft setzen. Der Wille Gottes geschieht, er fließt in dir – und durch dich in deine Welt, ob es dir gefällt oder nicht.

Macht dir die Aussage immer noch Angst? Dann kehre zur Quelle der bedingungsfreien Liebe zurück, denn: Wenn du erfüllt bist von Liebe, wo könnte da noch die Angst Platz finden?

Lass uns zur nächsten Quelle aufbrechen. Sie liegt ein ganzes Stück bergauf, in deinem Kehl-Chakra. Auch hier kannst du deine Hände auflegen, um sie zu erspüren.

Aus ihr entspringt kühles, reines, blaues Wasser, das dir das bedingungslose Vertrauen Gottes anbietet: das Vertrauen, das Er sich selbst schenkt – und allem, was Er aus sich selbst heraus erschaffen hat. Wie könnte Er den kleinsten Zweifel daran haben, dass etwas, das aus Seiner Göttlichkeit entsteht, nicht göttlich wäre? Er sieht in allem die Vollkommenheit, die auf die Vollendung zugeht. Er weiß um die Knospen, die im dichtesten Dornengestrüpp aufblühen werden, wenn ihre Zeit reif ist. Könntest du alles, was dein begrenzter menschlicher Verstand als schlimm, negativ und furchtbar bewertet und verurteilt, mit Seinen Augen sehen, wäre auch in dir kein Platz mehr für Bewertung, Zweifel und Angst.

Vieles, das in deiner Zeit geschieht, hat die Macht, die Menschen zu ängstigen. Könnten sie diese Zeit mit einer Schwangerschaft vergleichen, so hätten sie Verständnis für die Senkwehen und keine Angst vor den Geburtswehen. Jede Geburt ist mit Schmerzen verbunden, jedes Wachstum verursacht Schmerzen. Und trennen sich viele Menschen von Altem und Enggewordenem nicht erst nach vorheriger Qual? Denke an die Pein, die zu klein gewordene Schuhe verursachen …

Die Quelle, an der du jetzt verweilst, hat die Kraft, dich mit dem bedingungslosen Vertrauen Gottes zu verbinden. Sie ist der gelben Quelle der Glaubens- und Willenskraft sehr ähnlich, doch ist es ein Geschenk Gottes, dass die blaue Quelle deinem Verstand näherliegt und dir hilft, dein Selbstvertrauen und deine Selbsttreue zu stärken. Lausche jetzt, was sie dir verspricht: **„Ich vertraue mir selbst."**

Trink von ihr, stille deinen Durst, damit du nicht mehr im Außen nach Menschen suchst, die dir Versprechungen machen, dir Treue schwören – und doch nur sich selbst und ihren Schwächen treu sein können. Nimm gleichzeitig wahr, wie viel von ihrer Kraft ständig bergab in dein Leben strömt.

Es gibt einen Schlüsselsatz, der dein Vertrauen in Gott und in dich selbst bezeugt: „Ich bin zur rechten Zeit am rechten Ort, um dort das Rechte zu tun." Mit diesen Worten bekräftigst du deine Gewissheit, dass das bedingungslose Vertrauen Gottes in dich, dein Leben und deinen Weg jeden ‚Fehler', jedes ‚Unterlassen', jedes ‚Falschmachen' ausschließt. Gott macht keine Fehler! Menschen, die bewerten, tun nichts anderes als einzugestehen: ‚Ich verstehe das, was geschah und geschieht, nicht. Deshalb bleibt mir nichts anderes übrig, als es zu bewerten und zu verurteilen.' Ein Armutszeugnis? Nicht vor Gott, denn Er weiß um das begrenzte menschliche Denken, das in verletzenden Umständen eben nur die Dornen sieht …

Setzen wir unsere Bergwanderung fort. Ein großer Gedankensprung bergab bringt uns zu einer ganz besonders lebendigen Quelle. Sie entspringt in deinem Unterbauch, im Sakral-Chakra, und schon im Näherkommen kannst du sie hören. Denn während die anderen Wasser an ihrem Ursprung nur leise plätschern, gluckert dieser Quell vor Freude! Er sprudelt orangefarben und bahnt sich seinen Weg kraftvoll und entschlossen. Leg auch hier deine Hände auf und fühle hinein …

Hast du in der äußeren Realität schon einmal so einen rostroten Bachlauf gesehen? Dann wusstest du, dass das Wasser eisenhaltig ist, weil die Quelle, bevor sie entspringt, über eisenhaltiges Gestein fließt. Eisen ist für die Menschen lebenswichtig. Es gibt Kraft und ist notwendig für die Blutbildung. Auch die Quelle, vor der du jetzt stehst, und die nur für dich sprudelt, hat eine ganz besondere Eigenschaft: Hier strömt die grenzenlose Freude und Begeisterung Gottes! Freude und Begeisterung worüber? Gott ist begeistert von sich selbst! Gott freut sich an sich selbst und an allem, was Er aus sich heraus erschafft, in jedem Augenblick aufs Neue! Er freut sich an DIR!

Menschen, die diese Quelle kennen und aufsuchen, sind nicht nur von sich selbst und von dem, was sie tun, begeistert, sondern können auch andere begeistern. Sie gehen neue Wege, sind Pioniere, denen andere nachfolgen. Nicht von ihrem Ego lassen sie sich leiten, sondern vom Geist der Freude Gottes. Nicht in Abhängigkeiten führen sie, sondern in die Freiheit, die jedem Gotteskind von Geburt an zusteht.

Die meisten Menschen jedoch sind beständig im Außen auf der Suche und süchtig nach Höhepunkten, nach Aktivitäten, die Spaß und Freude versprechen. Sie sind abhängig von Menschen, die sie aufmuntern, mitreißen, begeistern. Erinnerst du dich an die Pfandflaschen? Sie investieren viel Geld, um die scheinbar ‚geistvolle', aber schnell verdunstende Begeisterung und Freude erneut aufzufüllen …

Beobachte einmal ein Kleinkind und lass dich von seiner natürlichen Freude am Leben und seiner Begeisterung über sich selbst verzaubern! Auch du warst einmal so – und kannst es wieder sein. Schöpfe aus der Quelle der göttlichen Freude und Begeisterung und nimm staunend wahr, welch große Kraft sie besitzt: Sie ist kein schwaches Rinnsal, das sich den Weg bergab erkämpfen müsste. Nein, ihr sprudelnder Lauf schwemmt alles, was sich deinem Seelenauftrag in den Weg stellt, beiseite. Erinnere dich an Vorhaben, die du voller Begeisterung begonnen hast. Welche Kraft wirkte da in dir und aus dir und ließ das Werk gelingen. Dein Werk? Nein, Gottes Werk!

Wirf einen Blick auf die Quelle der Glaubens- und Willenskraft Gottes, die ein Stück oberhalb liegt – und Berge versetzen kann. Das Wasser der BeGEISTerungsquelle hat den Auftrag, die Brocken aus dem Weg zu schwemmen, die den Fluss des Lebens hemmen könnten.

Hörst du, was dir die Quelle verspricht? **„Ich bin begeistert von mir!"** Je öfter du aus ihr schöpfst, umso mehr wird die Begeisterung Gottes zu deiner eigenen!

Mach einen kleinen Versuch, hier und jetzt: Sprich den Satz der Quelle laut aus – und lausche ihm nach. Klingt er glaubwürdig? Ist die Begeisterung herauszuhören? Wenn nicht, schöpfe noch ein paar Minuten aus ihr, mach dir bewusst, dass Gottes Freude und Begeisterung durch dich strömt, für dich fließt, unablässig: ICH BIN BEGEISTERT VON MIR!

Ich sehe dich lächeln. Ja, jetzt könntest du allein durch deine Ausstrahlung Menschen begeistern. So einfach ist es? Ja! Wenn du aus der göttlichen Quelle der Freude und Begeisterung Gottes bewusst schöpfst. Schau ihrem kräftigen Lauf bergab, in dein Leben hinein, nach, und du bekommst eine Ahnung von der Kraft des Geistes, die in ihr strömt.

Gib mir deine Hand und lass dich zur fünften Quelle begleiten, die ein großes Stück bergauf liegt, in deinem Stirn-Chakra, das auch ‚Drittes Auge' genannt wird.

Bis jetzt entsprangen die Quellen, bildhaft gesprochen, inmitten von Wiesen, direkt aus dem mit saftigem Gras bewachsenen Boden heraus. Diese Quelle, die bereits in Sichtweite des Gipfels liegt, befindet sich dagegen in hartem, felsigem Grund. Aus ihr kannst du nicht schöpfen, dafür bietet sie dir ein ganz besonderes Geschenk an. Sie sprudelt so kraftvoll, dass sich im Fels ein Quelltopf gebildet hat, der so tief ist, dass du dich ganz hineinstellen kannst. Er ist gefüllt mit lilafarbenem, heilendem Wasser, das eine Klarheit und Tiefe ausstrahlt, die in dir nur den einen Wunsch erwecken, dich ganz hineinzubegeben.

Du stehst an der Quelle der Weisheit und des Friedens Gottes! Seine Weisheit, Sein Frieden sind so tief, dass du ihn mit deinem begrenzten und begrenzenden Verstand niemals erfassen kannst. Versuch erst gar nicht, aus dieser Weisheit zu schöpfen! Sie bietet dir etwas viel Wunderbareres an!

Würdest du in der äußeren Realität nach einem anstrengenden Aufstieg, verschwitzt und verstaubt, vor einem derart einladenden Quelltopf stehen, hättest du nur den einen Wunsch, dich deiner Wanderkleidung zu entledigen und nackt in das kühle Nass zu stürzen. Du kämest nicht auf den Gedanken, dies mitsamt deines Gewandes zu tun, denn es wäre ein Sakrileg, die Reinheit und Klarheit des Quellwassers zu verschmutzen. Andererseits hättest du keine Bedenken, dass der Rest an Staub und Schweiß, der deinem nackten Körper anhaftet, die Quelle verunreinigen könnte. Dazu wäre sie zu klar. Alles würde sie von dir wegwaschen – und dir das unbeschreibliche Gefühl vermitteln, wie neugeboren zu sein: rein und unschuldig.

Ich spüre in dir das tiefe Verlangen, jetzt in den Quelltopf der Weisheit und des Friedens Gottes einzutauchen. Doch warte noch einen Moment und lausche, welches Versprechen er in sich trägt: **„Ich verstehe mich selbst."**

Dies sind Zauberworte, wenn du sie in ihrer ganzen Tiefe erfasst. Was Schweiß und Staub im Außen sind – sie lassen sich bei einer Wanderung nicht vermeiden, sind menschliche Zweifel, Fragen und Ängste im Geiste. Sie rauben dir den inneren Frieden und lassen die Sehnsucht danach immer stärker werden. Diese Sehnsucht hat dich jetzt hierhergeführt! So lange suchtest du im Außen nach Antworten auf all deine Fragen! Und alle Antworten, die du erhalten hast, warfen nur wieder neue Fragen auf. Jetzt ist es Zeit, dir selbst das Verständnis zu schenken, dass dein menschlicher Verstand niemals die Vorsehung Gottes für dich und für alles, was ist, erfassen kann.

Gestehe es dir zu: „Ich verstehe mich selbst. Ich habe Verständnis für mein Begrenztsein, für meine Zweifel, für meine Sehnsucht nach Frieden. Ich bin da, um alle Fragen loszulassen. Ich bin da, um meine Erwartung auf Antworten loszulassen. Ich bin da, um in den Frieden Gottes einzutauchen, hier und jetzt."

Tauche ein, lass dich umströmen von der unvorstellbaren, unfassbaren Tiefe der Weisheit Gottes. Lass dich ganz durchdringen von Seinem Frieden …

Betrachte nun den Überlauf des Quelltopfes: Aus ihm strömt unablässig Wasser bergab, denn die Quelle wird beständig aus dem Inneren des Berges gespeist. Dies ist der Grund, dass sie durch dein Eintauchen niemals verschmutzt wird. Stattdessen löst das Wasser den letzten Rest deiner Fragen und Zweifel von dir und schwemmt sie weg.

Du kannst die Weisheit Gottes in ihrer Tiefe nicht erfassen, nicht aus ihr schöpfen, doch das, was in jedem Augenblick deines Daseins in dein Leben fließt, sind genau die Weisheit und der Friede, die du für den Schritt brauchst, den du jetzt … und jetzt … und jetzt tust.

Folge mit deinen Blicken dem Lauf des lilafarbenen Wassers: Ohne Unterlass strömt es bergab, um sich in deinem Kehl-Chakra mit dem blauen Wasser aus der Quelle des bedingungslosen Vertrauens Gottes zu vereinen. Die beiden göttlichen Kräfte vermischen sich nicht, sie fließen nebeneinander weiter, und werden in deinem Herz-Chakra verstärkt durch das grüne Wasser der bedingungsfreien Liebe Gottes. Der nun schon breiter gewordene Bachlauf nimmt das gelbe Wasser der Glaubens- und Willenskraft Gottes auf, um schließlich durch die orangefarbene, glucksende Quelle der Freude und Begeisterung Gottes zum kraftvollen Strom zu werden. Wie die Teile eines Regenbogens fließen die Wasser aus den Quellen durch dich, um gemeinsam ihren Auftrag zu erfüllen.

Welchen Auftrag? Gottes Auftrag! Deinen Auftrag!

Es wird Zeit für dich, aus dem Quelltopf herauszusteigen und mich zum Fuß des Berges zu begleiten, um dem großen Geheimnis der Quellen Gottes in dir auf den Grund zu gehen.

Ich nehme dein Zögern wahr, denn: So eins bist du jetzt mit dem göttlichen Frieden in dir, dass es dir unmöglich erscheint, dein ‚verstaubtes Wandergewand', deine Zweifel, Ängste und Fragen, wieder ‚anzuziehen'. Doch siehe, ich darf dir ein Geschenk übergeben: Ein Lichtgewand, gewoben aus der Liebe Gottes, durchwirkt mit den Goldfäden Seines Vertrauens. Streife das Kleid des Gotteskindes über, es gehört dir! Du hast es in dieses Leben mitgebracht. Es hüllte dich die erste Zeit deines Daseins ein, wuchs mit dir mit – bis du es eines Tages abgelegt und vergessen hast …

Ein großer Gedankensprung bringt uns zur sechsten Quelle am Fuß des Berges, an dein Wurzel-Chakra am unteren Ende der Wirbelsäule. Doch Vorsicht! Dies ist keine Quelle, aus der kühles, klares Wasser entspringt, aus ihr strömt glühende Lava! Du stehst vor dem Feuerstrom der Schöpferkraft Gottes! Denn es gibt Dinge, die Gott nur durch dich erschaffen, nur durch dich sichtbar machen und in die Materie bringen kann.

Nun kannst du erkennen, wohin all die göttlichen Geschenke aus den bisher aufgesuchten Quellen strömen:

Dieser Feuerstrom ist das Ziel all des Wassers, das in dir entspringt und ohne Unterlass durch dich fließt! Sein Auftrag ist es nicht, die Schöpferkraft Gottes auszulöschen. Die Schöpferkraft ist unvorstellbar, unfassbar groß. Erinnere dich daran, dass der Liebesgedanke Gottes, die Erde zu erschaffen, einen Feuerball entstehen ließ, der Millionen Jahre brauchte, um soweit abzukühlen, dass biologisches Leben entstehen konnte.

Erkennst du die gewaltigen Kräfte, die in dir, in deinem Wurzel-Chakra aufeinandertreffen? Betrachten wir zunächst den Feuerstrom: Vorsicht ist angebracht, will man sich ihm nähern. Zu leicht kann sich ein Mensch daran verbrennen! Das Leben/die Liebe/Gott ermöglicht es, Erfahrungen mit dieser Schöpferkraft zu machen. Auch du hast dir bereits leichtere ‚Verbrennungen' zugezogen. Denn jeder Mensch, der mit seinem begrenzten und begrenzenden Ego-Willen an die Schöpferkraft Gottes herantritt, ist vergleichbar mit einem Kind, das Wunderkerzen an einer offenen Feuerstelle entzündet: „Ich will: Erfolg haben … Menschen heilen … viel Geld besitzen … geliebt werden … beliebt sein …"

„Wenn dein Wille und dein Wunsch danach groß genug sind, ist dir alles möglich!" Erinnerst du dich an das Versprechen unzähliger Glücksratgeber? Du hast es ausprobiert – und es funktionierte ja auch – meistens … ab und zu …

Doch haben dir die erfüllten Wünsche wirklich auf Dauer Glück und inneren Frieden beschert? Sei aufrichtig dir selbst gegenüber: War es nicht vielmehr so, als wäre eine Wunderkerze aufgeflammt, hätte eine kurze Zeit wunderschön und wunderlich gefunkelt, geglitzert, dich glücklich gemacht – und wäre wieder verglüht? Viel zu schnell einfach erloschen? Hat dir nicht manches kurze Glück sogar danach ‚gestunken'? So wie eine Wunderkerze, die verglimmt und danach als Müll ent*sorgt* wird?

Mancher erkennt sehr früh, was es mit den Wunscherfüllungsübungen und Wunschversprechungen auf sich hat und schlägt den Weg des Vertrauens ein. Dieser Weg führt steil nach oben, und bald findet er die Quellen der Glaubens- und Willenskraft Gottes und des Vertrauens.

Andere dagegen entzünden eine Wunderkerze nach der anderen und wagen sich immer näher an den Lavastrom der göttlichen Schöpferkraft heran. So nah, bis sie sich daran verbrennen! So nah, bis ein erfüllter Wunsch sich ins Gegenteil verkehrt …

Dies geschieht nicht zur Strafe! Gott straft sich nicht selbst! Er ermöglicht jedem Teil Seines Selbst Erfahrungen, die zur Erkenntnis der Göttlichkeit führen! Und dazu gehört, den kleinen, menschlichen, begrenzten Ego-Willen zu entlarven und ihn dem göttlichen Willen unterzuordnen.

Wonach ruft ein Kind, das sich die Finger verbrannt hat? Nach der Mutter, nach dem Vater! Worin besteht die erste Hilfe bei Verbrennungen? Im Kühlen der Brandwunde mit Wasser! So führt der unvorsichtige Umgang mit der Schöpferkraft Gottes dazu, jeden Menschen früher oder später zu einer der göttlichen Quellen zu führen, die ihn durchströmen!

Richte nun deine Aufmerksamkeit wieder auf die göttlichen Wasser, die von oben herabfließen und an der Wurzel deines Menschseins auf die Schöpferkraft Gottes treffen:

Es geschieht genau das, was auch in der äußeren Realität passiert, wenn Wasser und flüssige Lava zusammenkommen: Dampf entsteht!

Erinnere dich: Die ersten Maschinen, die Menschen erfanden und die ihnen eine bis dahin unvorstellbare Kraft zur Verfügung stellten, waren Dampfmaschinen! Eine neue Ära begann damit! Und eine neue Ära wird auch für dich beginnen, wenn du die Schöpferkraft Gottes in dir erkennst und dich ihr unterstellst! Denn nur im Zusammenwirken der Weisheit und des Friedens Gottes, Seines bedingungslosen Vertrauens, Seiner bedingungsfreien Liebe, Seiner Glaubens- und Willenskraft, Seiner Freude und Begeisterung geschieht Schöpfung, in dir und durch dich.

An diesem Feuerstrom der Schöpferkraft Gottes stehend, wissend um die Quellen, die in dir entspringen und durch dich fließen, gelingt es dir, jedes „Ich will" und jedes „Ich muss" loszulassen. **Du beginnst zu leben, *dein* Leben zu leben, *deinen* Weg zu gehen, ganz bewusst!**

Folge mit deinem Blick dem aufsteigenden Dampf. Du kannst in jedem einzelnen Wasserstropfen anhand seiner Farbe erkennen, welcher der göttlichen Quellen er entstammt. Doch kannst du mit deinem kleinen menschlichen Willen auch beeinflussen, wohin dieser Dampf strömen soll? Was mit ihm angetrieben, verändert, neu geschaffen werden soll? Glaubst du, dass es dir möglich ist, seine Kraft nach deinem Willen zu nutzen? Wenn ja, dann puste einmal kräftig, um den Weg der göttlichen Schöpferkraft zu beeinflussen … Du erkennst selbst die Sinnlosigkeit, die nur deine begrenzte Energie kosten würde, dein Ego wieder wachsen ließe – und dir erneut eine Illusions-Wunderkerze in die Hand drücken würde. Soweit warst du doch schon …

Blicke noch einmal nach oben, damit du den Regenbogen erkennst, der durch den Dampf entsteht. Durch ihn bezeugt Gott in dir: ICH BIN DER SCHÖPFER ALLEN SEINS.

Gib dich dieser Schöpferkraft hin, hier und jetzt. Antworte mit deinem Namen: „ICH BIN DA. Dein Wille geschieht, in mir und durch mich. Zum Wohle des Ganzen."

Die Kraft der Quellen, die Kraft des Schöpfers erhebt dein Menschsein, ermöglicht dir den Aufstieg zur Quelle am Gipfel des Berges, am Gipfel deines Menschseins. Nicht den Weg über den Berg nimmst du, mit der Leichtigkeit deiner Seele schwebst du auf dem Regenbogen nach oben.

Wirf unterwegs einen Blick auf den Berg, den wir gemeinsam erkundet haben. Erkenne, dass der Regenbogen sich in den Wassern der einzelnen Quellen widerspiegelt. Erkenne noch etwas: Nicht der Berg ist die Quelle des Wassers und der Ursprung des Feuers. Beides kommt aus den Himmeln. Der Berg ist nur das Sammelbecken.

Nicht dein Menschsein ist die Quelle der Weisheit und des Friedens, des Vertrauens und der Liebe, des Glaubens und Willens, der Freude und Begeisterung, der Schöpferkraft: Dein Menschsein ist das Sammelbecken, aus dem die Göttlichkeit in das Dasein, in *dein* Leben, in *deine* Welt fließt!

Lass dir Zeit, genieße das Hinaufschweben. Betrachte noch einmal die göttlichen Quellen, ihren Zusammenfluss.

Du hast den Gipfel des Menschseins erreicht und stehst vor der Quelle allen Lebens. Im Unterschied zu den anderen Quellen entströmt hier nichts. Hier, am Kronen-Chakra, das bei Neugeborenen noch so weit geöffnet ist, dass es sogar die Schädelknochen bezeugen, strömt Göttlichkeit in dich hinein: Reines Licht, reine Liebe! Hier ist die Quelle allen Seins. Aus ihr werden alle anderen Quellen in dir beständig gespeist!

Hier, an der Quelle allen Lebens, kannst du erkennen:

# ICH BIN DAS LEBEN.
# ICH BIN,
# FÜR EINEN AUGENBLICK
# DER EWIGKEIT,
# MENSCHGEWORDENES LICHT.

Blicke vom Gipfel deines Menschseins, erfüllt von göttlicher Liebe, Frieden, Vertrauen, Glaubenskraft, Freude und Glückseligkeit, in völliger Hingabe an den, der du bist, auf dein Leben. Erfüllt von der Gewissheit

ICH BIN

ES IST

ICH BIN DA

Jesus unternahm mit einigen seiner engsten Jünger dieselbe *innere* Bergbesteigung und begleitete sie an ihre eigenen göttlichen Quellen. Als er sie an die Quelle allen Seins führte, sahen sie ihren HERRN in einer Innenschau im lichtdurchfluteten Gewand des Christus. Ihre Minderwertigkeit hinderte sie jedoch daran, selbst das ihnen zustehende Kleid des Gotteskindes anzuziehen. Zutiefst berührt baten sie Jesus, Hütten an diesem göttlichen Ort, in diesem göttlichen Gewahrsein, bauen – und zusammen mit ihm hierbleiben zu dürfen. Du kannst die Begebenheit, die die Jünger später in der Erzählung anderen gegenüber in die äußere Welt verlegten, in der Bibel nachlesen[11].

Und du? Der du, hier und jetzt, fast zweitausend Jahre später dasselbe innere Erleben hast? Hindert auch dich

[11] Vgl. Mt, 17,1-4.

dein kleines, menschliches Ich daran, dein Erbe anzunehmen?

Würdest auch du am liebsten hier, in dieser so real wahrzunehmenden, göttlichen Gegenwart, bleiben und eine Hütte bauen wollen?

Dein Auftrag und deine Berufung liegen darin, dein Lichtgewand bewusst anzunehmen und hinauszunehmen in die äußere Realität, um dort Zeugnis abzulegen für die Göttlichkeit in allem, was ist.

Du traust es dir nicht zu? Gott ver*traut* es dir an! Ich darf dir in Seinem Namen ein weiteres Geschenk übergeben, das dir hilft, aufrecht und standfest den Weg des Vertrauens und der Liebe weiterzugehen: Einen Wanderstab aus reinem Licht. Er trägt das Y-Zeichen, das dich zudem befähigt, Wanderführer und Begleiter für andere zu sein:

Schließ deine Augen, leg den Daumen einer Hand in die Gabelung des Ypsilons, umfasse mit den anderen Fingern den Schaft. Die andere Hand hält den Stab unterhalb. Halte ihn so lange, bis du ihn verinnerlicht hast …

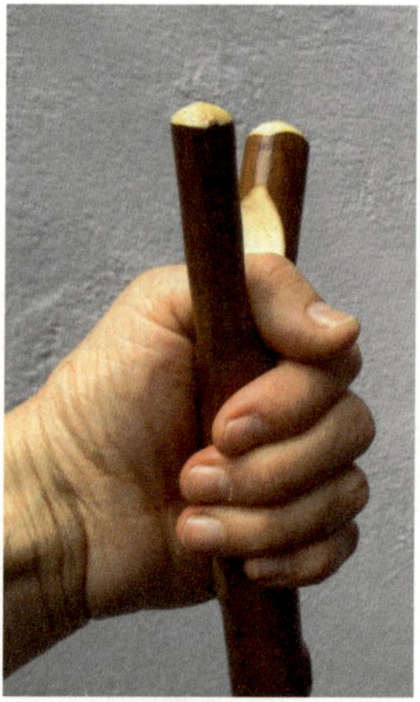

Erinnere dich an ihn, wann immer dein Weg steil bergan führt. Er stützt und unterstützt dich von hinten.

Erinnere dich an ihn, wann immer dein Weg steil bergab führt. Er stützt dich von vorn und verhindert ein Abrutschen.

Nimm ihn zu Hilfe, wenn rechts oder links deines Weges ein Abgrund gähnt. Er verhindert deinen Absturz.

Noch ein letztes Geschenk darf ich dir übergeben: Deine Wanderkarte für den Weg zu deinen inneren Quellen. Du findest sie auf den beiden nächsten Seiten.

Gesegnet bist du, denn du gehst deinen Weg.

In geschwisterlicher Liebe
Dein Bruder und, soweit du es zulässt,
dein Wanderbegleiter Yasper

## Wanderkarte

## Der Weg zu deinen inneren Quellen

Eine etwas andere Bergwanderung …

*Die Quelle allen Lebens*
„Ich bin das Leben."

*Der Quelltopf der Weisheit und des Friedens*
„Ich habe Verständnis für mich."

*Die Quelle des bedingungslosen Vertrauens*
„Ich vertraue mir."

*Die Quelle der bedingungsfreien Liebe*
„Ich liebe mich,
so wie ich bin."

*Die Quelle der göttlichen Glaubens- und Willenskraft*
„Ich glaube an mich."

*Der Quell der Begeisterung und Freude Gottes*
„Ich bin begeistert
von mir."

*Der Feuerstrom der göttlichen Schöpferkraft*
„Ich lebe mein
Leben, ich gehe
meinen Weg."

Du kannst die göttlichen Quellen nur am Mittelpunkt *deiner* Welt finden, um Kraft aus ihnen zu schöpfen. Und der Mittelpunkt deiner Welt bist DU!

Gott bietet dir deinen Anteil an Seiner Schöpferkraft, Seine Freude an dir und Seine Begeisterung über dich, Seine Glaubens- und Willenskraft, Seine bedingungsfreie Liebe, Sein bedingungsloses Vertrauen in dich, Seine Weisheit und Seinen Frieden – und deinen Anteil an Seinem Leben. Es liegt an dir, diese göttlichen Geschenke anzunehmen.

**Yasper**
**Hier und Jetzt**

## Die Geschichte der Jungbauern namens Hochmut und Demut

Ein Großgrundbesitzer, dessen Bestreben es war, im Einklang mit der Natur und den Elementen seinen Boden zu bestellen, wählte die Bauern, denen er seine Wiesen und Felder verpachtete, sorgfältig aus. Nicht größtmöglicher Ertrag war sein Ziel, sondern Wachstum und Zufriedenheit für jeden, der auf seinem Grund arbeitete.

Als wieder einmal ein großer Acker neu verpachtet werden sollte, suchte er unter den Bewerbern zwei junge Männer aus, die er schon seit Längerem beobachtete. Sie waren grundverschieden, doch wollte er beiden die Möglichkeit geben, Erfahrungen zu machen, um Erkenntnisse daraus zu gewinnen. So teilte er das Feld in zwei gleichgroße Teile auf und ließ die beiden Männer zu sich rufen.

Als sie vor dem Gutsherrn standen, war ihnen die Unterschiedlichkeit auch äußerlich anzusehen. Während der eine, der den Namen ‚Hochmut' trug, in seinem besten Sonntagsgewand erschien, war der andere, den die Dorfbewohner ‚Demut' nannten, in einfaches, aber sauberes Bauerngewand gekleidet. Offen und freundlich blickte er dem Gutsbesitzer ins Gesicht und hielt dessen prüfendem Blick, ohne auszuweichen, stand.

‚Hochmut' hielt sich betont aufrecht, den Kopf stolz erhoben und warf immer wieder einen geringschätzigen Blick auf ‚Demut'. Dabei dachte er bei sich: ‚Es wurde ja auch langsam Zeit, dass der Gutsbesitzer *mir* einen Acker anvertraut. Endlich kann ich beweisen, welch ein guter Bauer ich bin. Die vielen Fachartikel, die ich gelesen habe, um mir Kenntnisse im Anbau von Getreide anzueignen, die vielen Prospekte, die ich durchblättert habe, um die besten Mittel für einen optimalen Ertrag auszuwählen: Endlich bekomme ich die Möglichkeit, mich zu profilieren! – Nur: Eines verstehe ich nicht: Dass der Herr gleichzeitig einen solch unbedarften Bauernlümmel zu sich gerufen hat. Vielleicht stellt er ihn mir ja als Knecht zur Seite?‘

Umso überraschter war er, als er den Grund für die Vorladung erfuhr, denn der Grundbesitzer erklärte lächelnd: „Ich habe euch beide zu mir gerufen, um jedem von euch jeweils eine Hälfte meines besten Feldes anzuvertrauen. Ihr habt ein Erntejahr lang die Möglichkeit, euer Können zu beweisen. Ich gebe euch dazu den besten Samen, den ich besitze – und meinen Segen. Geht achtsam mit meinem Grund und Boden um, der bestens für die Saat vorbereitet ist, und bringt mir nach der Ernte den zehnten Teil dessen, was euch die Erde und der Himmel für eure Mühe und euren Einsatz schenken.“

‚Demut‘ strahlte bei den Worten, doch war ihm gleichzeitig ein großes Erstaunen anzumerken darüber, dass er ausgewählt worden war. Hatte er doch seit einigen Jahren nur als Knecht bei verschiedenen Pächtern des Herrn gedient. Welch ein Geschenk, jetzt eigenverantwortlicher Bauer sein zu dürfen.

‚Hochmut‘ wurde vor Ärger rot im Gesicht. Wie konnte der Gutsbesitzer ihm nur einen solchen Tagelöhner als Konkurrenten vorsetzen! Auch gut: So würde es ihm leichter fallen, den anderen auszustechen und im nächsten Erntejahr den ganzen Acker zugeteilt zu bekommen.

Beide Männer nahmen den Saatsack entgegen. Bevor sie den Hof verließen, bedankten sie sich, jeder auf seine Weise. ‚Demut' verbeugte sich vor dem Eigentümer und sprach: „Herr, ich danke für Euer Vertrauen und tue mein Bestes, in Achtung und Ehrfurcht vor der Erde und den Elementen."

‚Hochmut' verbeugte sich noch tiefer als zuvor der andere, doch dem Gutsbesitzer entging weder der überhebliche Ton in der Stimme des jungen Mannes noch der verächtliche Seitenblick auf ‚Demut': „Herr, Ihr werdet es nicht bereuen, *mich* ausgewählt zu haben. Ich bin bestens darauf vorbereitet und garantiere Euch größtmöglichen Ertrag."

Die beiden jungen Männer verließen gemeinsam das Gehöft, bevor sich ihre Wege trennten. ‚Demut' wünschte dem anderen ein gutes Gelingen, aber ‚Hochmut' tat, als hörte er es nicht, und schritt eilig nach Hause, um ja keine Zeit zu verlieren.

Den Hinweis des Gutsherrn, der Boden sei bestens auf die Saat vorbereitet, ignorierte er. Stattdessen begab er sich unverzüglich in die nächste große Stadt, um für teures Geld die Mittel zu besorgen, die nach seiner Meinung optimale Ernte garantierten. Mit glänzenden Augen kehrte er mit den ‚Unkraut- und Ungeziefervernichtungsmitteln', die den Namen ‚**Ich muss**' trugen, und den Düngemitteln, auf deren Verpackung in protzigen Buchstaben ‚**Ich will**' stand, nach Hause.

Noch am selben Tag brachte er, wie auf der Beschreibung des Mittels empfohlen, die giftigen Substanzen aus, um all die Pflanzen zu vermeiden, die auf seinem Feld unerwünscht waren. Und ein wenig mehr von dem Mittel als angegeben konnte ja wohl auch nicht schaden. Bereits am nächsten Tag warf er die Saat auf die Erde.

Und ‚Demut'? ‚Hochmut' bezeichnete dessen Verhalten kopfschüttelnd als ‚Desinteresse, Faulheit und Dummheit'. Denn nachdem der Jungbauer fröhlich pfeifend zu Hause angekommen war, verstaute er fürsorglich den Sack mit dem Saatgut an einem geeigneten Ort, um die Mäuse nicht in Versuchung zu führen. Am Abend dieses beglückenden Tages blickte er interessiert in den Sternenhimmel. In den zurückliegenden Jahren war er ein wissbegieriger Knecht gewesen, der die Nähe der alten Bauern gesucht und ihre unschätzbaren, nirgends niedergeschriebenen Weisheiten wie ein Schwamm aufgesogen hatte. Was jahrhundertelang von Generation zu Generation weitergegeben worden war und dafür gesorgt hatte, dass gute Ernten eingebracht wurden, konnte nicht falsch sein! Einer der Bauern hatte ihn in die Geheimnisse des richtigen Zeitpunktes eingeweiht. An diesem ersten Abend als Pächter ließ er sich vom Mond und den Sternen den richtigen Zeitpunkt für die Aussaat des Getreides kundtun. Einige Tage noch durfte er Gelassenheit zeigen, dann war es soweit: Er segnete mit altüberlieferten Worten das Saatgut und vertraute es, Wurf für Wurf, Mutter Erde und den Elementen an. Dabei sang er mit innerer Gewissheit sein Lieblingslied: „Ich bin zur rechten Zeit am rechten Ort, um dort das Rechte zu tun."

Ein großer innerer Friede erfüllte ihn, als er nach getaner Arbeit müde auf sein einfaches Schlaflager sank. ‚Es ist gut.'

Die beiden Saaten entwickelten sich sehr unterschiedlich. Da ‚Hochmut', sobald sich die ersten zwei, drei Triebe des Getreides zeigten, sofort den ‚Ich-will'-Dünger ausgebracht hatte, schossen die Pflanzen förmlich nach oben. Stolz verglich der Jungbauer sein Feld mit dem Acker von ‚Demut'. Dessen Getreide spitzelte erst wenige Zentimeter aus dem fruchtbaren Boden.

‚Kein Wunder', dachte ‚Hochmut'. ‚Das beweist, dass der Tölpel keine Ahnung von ertragssteigernden Anbaumethoden hat!' Und da der Erfolg ihm Recht gab, düngte er bald darauf ein weiteres Mal.

‚Demut' nahm zwar die unterschiedliche Entwicklung der Saaten wahr, doch beunruhigte es ihn in keiner Weise. Sein Vertrauen in den richtigen Zeitpunkt – und in das Wissen der Alten gründete tief.

‚Hochmut' brachte, wie von den Herstellern empfohlen, kurze Zeit später vorsorglich die Insektizide aus. So hatte das verhasste ‚Ungeziefer', das seine Ernte schmälern könnte, keine Chance. Der beißende Geruch des Mittels verstärkte in ihm die Gewissheit, das Beste für seine Feldfrucht zu tun.

Dankbar nahm der anderc Jungbauer wahr, dass ein freundlicher Westwind die Gifte, die der andere ausbrachte, von seinem Acker fernhielt. Er selbst ging in dieser Zeit täglich Schritt für Schritt durch die Reihen seines Feldes, um Insekten, die dem Getreide schaden könnten, einzusammeln und an einem entfernten Ort auszusetzen. Auch wuchernde Pflanzen, die sein Getreide im Wachstum hindern könnten, entfernte er sorgfältig mit den Händen. Kräuter, die nach der Erfahrung der alten Bauern Insekten fernzuhalten vermochten, ließ er dagegen stehen.

‚Hochmut' lachte geringschätzig über die unproduktiven Tätigkeiten des anderen. Gab ihm nicht die Entwicklung seiner Saat Recht? Kein einziges ‚Unkraut', nicht das winzigste ‚Ungeziefer' konnte er in seinem Acker entdecken! Und das Getreide wuchs und wuchs! Schon entwickelten sich die Ähren, und die Körner wogen so schwer, dass sich die Halme nach unten bogen.

Schadenfroh sah er, dass der Fruchtansatz beim anderen dagegen lächerlich klein war.

Doch war er wirklich zufrieden? Legte er sich abends mit derselben Dankbarkeit zur Ruhe wie ‚Demut'? Nein, denn unzählige Male blickte er untertags angstvoll zum Himmel. Die Wetterprognosen raubten ihm oft den Schlaf. Denn, egal wie sie lauteten, sie bereiteten ihm Sorge. Kündeten sie von strahlendem Sonnenschein und sommerlichen Temperaturen, so sah er in inneren Bildern den Ackerboden von der Hitze ausgetrocknet und seine Feldfrucht verdorrt. Wurde ein Tiefdruckgebiet angesagt, so zeigte ihm seine Angst Hagel, der die gesamte Ernte zunichtemachte. Albträume quälten ihn und schmälerten die Freude, obwohl er täglich die Weiterentwicklung des Getreides bestätigt bekam.

Im Gegensatz dazu nahm ‚Demut' das Wetter an, so wie es war. Er wusste, dass die Sonne ebenso wichtig war wie der Regen. Natürlich bestand die Möglichkeit des Vertrocknens. Natürlich konnte jederzeit ein Unwetter die Ernte vernichten. Seine Ähren saßen auf biegsamen Halmen, die auch einen starken Sturm überstehen konnten, im Gegensatz zu den viel schwereren Fruchtständen des anderen. Diese Halme würden einem starken Wind nicht standhalten.

Darüber hinaus besaß er die Gewissheit, dass der Gutsherr für Umstände, auf die ein Bauer keinen Einfluss hatte, Verständnis zeigen würde. So war sein Schlaf tief und erholsam und schenkte ihm Kraft für den nächsten Tag mit all den anstrengenden Arbeiten im Feld.

Das Land wurde von Dürre und Unwetter verschont. Der Zeitpunkt der Ernte kam näher. Siegessicher schritt ‚Hochmut' am Rand seines Ackers entlang. Er fühlte sich bereits jetzt als Gewinner! Seine Ernte würde mindestens doppelt so groß sein wie die seines Konkurrenten! Er sah sich bereits als Großbauern, der im nächsten Jahr den zweifachen Grund bestellen würde! Verächtlich nahm er eine Getreideähre vom Feld des anderen in die Hand. Seine Arbeit, der Einsatz seiner ‚Ich will'- und ‚Ich muss'-Mittel bewiesen die Richtigkeit seiner Vorgehensweise!

In seiner Vorstellung hatte er sich seit Tagen ausgemalt, mit vollen Säcken, in denen sich der zehnte Teil der Ernte befand, vor dem Gutsherrn zu stehen und seinen Sieg in vollen Zügen auszukosten, denn: Der zehnte Teil des anderen würde wohl in einem einzigen Sack Platz haben.

Der ‚Zufall' wollte es, dass gerade jetzt ‚Demut' vorbeikam. Scheinheilig fragte ‚Hochmut' ihn, wann er denn gedenke zu ernten.

Prüfend nahm ‚Demut' eine seiner Ähren in die Hand. Ohne sich auf einen Vergleich mit dem Nachbarn einzulassen, wog er sie dankbar auf und ab, schälte eines der Körner heraus und aß es voller Genuss und mit großer Dankbarkeit. In der Nacht zuvor hatte ihm der Stand des Mondes und der Sterne den richtigen Zeitpunkt für die Ernte verraten. Ohne jeden Argwohn, ohne jede Missgunst, teilte er sein Wissen mit dem anderen: „Morgen, mein Freund, morgen ist für mich der richtige Zeitpunkt, um die Ernte des Feldes einzubringen." Und er ging nach Hause, um sich vor der anstrengenden Tätigkeit auszuruhen.

‚Hochmut' rieb sich selbstsicher die Hände. Ja, auch er würde morgen seine Ernte – und seinen Sieg einfahren …

Wie jeden Abend beschloss ‚Demut' den Tag mit einem aus tiefem Herzen gesprochenen Dankgebet: „Danke, Vater im Himmel, danke, Mutter Erde, dass ihr mir auch heute alles gegeben habt, was ich brauchte. Und dass ihr mir alles genommen habt, was mich auf meinem Weg nur belasten würde." Doch er fand keine Ruhe. Eine nicht benennbare Rastlosigkeit warf ihn auf seinem Schlaflager hin und her. Es war nicht Angst vor etwas Bestimmtem, es war vielmehr die innere Aufforderung: ‚Geh auf dein Feld.' Verunsichert trat er vor die Haustür, um einen prüfenden Blick zum Himmel zu werfen. Die Sterne funkelten, kein Wölkchen war zu sehen. Doch der innere Drang verstärkte sich zunehmend. Schließlich kleidete er sich an und schritt zügig auf den Acker. Gerade noch rechtzeitig! Denn eine Rotte Wildschweine hatte eben angefangen, sein Feld aufzuwühlen. Laut schreiend verjagte er sie und hielt die ganze Nacht Wache auf dem ihm anvertrauten Grund.

Weit konnten die hungrigen Tiere nicht sein, denn er vernahm noch stundenlang die lauten Geräusche des Grabens und hörte ihr Schmatzen.

Endlich ging die Sonne auf und veranlasste die Wildschweine, sich in den nahen Wald zurückzuziehen. Müde, doch erfüllt von tiefer Dankbarkeit für seine innere Stimme, die ihn zur rechten Zeit auf das Feld geführt hatte, begann der Jungbauer ‚Demut' mit der Ernte.

Kurze Zeit später erschien auch der andere Pächter. Seine siegessichere Miene verwandelte sich in pures Entsetzen, als er sah, was die Wildschweine angerichtet hatten: Sein Feld, das tags zuvor eine ertragreiche Ernte versprochen hatte, war in der ganzen Länge und Breite umgepflügt! Keinen einzigen Sack Getreide würde er ernten können!

Voller Wut rannte er zu seinem Konkurrenten, in dem er jetzt den Feind sah, und schrie ihn aufgebracht an: „Warum ist dein Acker verschont geblieben? Mit welchen dunklen Mächten arbeitest du zusammen?"

‚Demut' unterbrach seine Arbeit nur kurz und antwortete: „Ich spürte des Nachts eine unerklärliche Unruhe und kam gerade noch rechtzeitig, um die Schweine vom Feld zu verjagen. Die ganze Nacht wachte ich, doch alleine konnte ich nur mein Feld umrunden, Stunde für Stunde. Für das ganze Grundstück hätte ich Unterstützung gebraucht. Wo warst du?“

Fluchend stapfte ‚Hochmut‘ davon und verkroch sich in seinem Haus. Keine einzige Ähre konnte er einbringen und dreschen. Kein einziges Korn würde er dem Gutsbesitzer vorlegen können, sein Versprechen nicht einhalten. Verlierer war er! Er, der eine große Ernte garantiert hatte, der so viel Geld investiert hatte, über ein so großes Wissen verfügte, stand mit leeren Händen da.

‚Demut‘ arbeitete tagelang, bis die Ernte eingebracht und das Getreide gedroschen war. Einen kleinen Teil hatte er auf dem Feld zurückgelassen, als Dank für Mutter Erde und als Anteil für die Tiere des Feldes und des Waldes. Beladen mit zwei vollen Säcken machte er sich auf den Weg zum Gutshof. Lächelnd erwartete ihn der Herr und nahm anerkennend den zehnten Teil der Ernte entgegen.

„Wo ist ‚Hochmut‘?“, fragte er schließlich. ‚Demut‘ erklärte dem Gutsbesitzer, was in der Nacht vor der Ernte geschehen war. Er wunderte sich ein wenig, dass seine Schilderung mit so großer Gelassenheit aufgenommen wurde. Was er nicht wissen konnte, war, dass der Herr während des ganzen Sommers die beiden – und ihr so unterschiedliches Handeln – beobachtet hatte. Auch der Überfall der Wildschweine war ihm nicht verborgen geblieben. Nun rief er einen Diener zu sich und beauftragte ihn, den Jungbauern ‚Hochmut‘ zu holen. Mittlerweile bewirtete er ‚Demut‘ wie einen hochgeschätzten Gast.

Endlich wurde der andere Jungbauer hereingeführt. Nichts mehr erinnerte an seinen ersten Besuch: Dieses Mal trat er mit unsicheren Schritten und hängendem Kopf vor den Gutsherrn. Als er seinen Konkurrenten entdeckte, verwandelten sich seine Niedergeschlagenheit und Angst in Wut und Missgunst.

Mit sich überschlagender Stimme begann er, vom überdurchschnittlichen Wachstum seines Getreides zu berichten und den anderen des vorsätzlichen Unterlassens der Hilfe zu beschuldigen. Der Herr unterbrach ihn nach wenigen Sätzen und fragte mit ruhiger Stimme: „Für Umstände, auf die du selbst keinen Einfluss hast, mache ich dich nicht verantwortlich. Mich interessiert nur eines: Womit hast du die Saat versorgt?"

Unverzüglich kam die Antwort: „Herr, ich habe den Boden mit dem teuersten ‚Ich-will'-Mittel gedüngt. Ich habe das Getreide mit den besten ‚Ich-muss'-Mitteln vor Schädlingen und Unkraut geschützt."

Ohne darauf einzugehen, wandte sich der Gutsbesitzer ‚Demut' zu, um ihm dieselbe Frage zu stellen. Offenen Blickes und mit berechtigtem Stolz in der Stimme kam dessen Antwort: „Herr, ich habe die beste Saat, die Ihr mir gegeben habt, auf dem besten Boden, den Ihr mir zur Verfügung stelltet, mit Dankbarkeit, Achtung und Liebe versorgt. Himmel, Erde und die Elemente haben das Ihre dazu beigetragen und das Werk gelingen lassen."

Da legte der Gutsherr dem jungen Bauern ‚Demut' die Hand auf die Schulter und sprach: „Du hast in meinem Sinne dem Ganzen, und nicht nur dir, gedient. Aus diesem

Grund vertraue ich dir ab sofort den gesamten Acker an. Du hast gezeigt, dass du meines Vertrauens würdig bist."

Es schien, als erschrecke der Angesprochene. Zögerlich wandte er ein: „Herr, ich weiß Euer Vertrauen und Euer Angebot zu schätzen, doch für einen allein ist das Grundstück zu groß."

Lächelnd erhielt er zur Antwort: „So suche dir einen Knecht, der dich nach deiner Anweisung unterstützt." Dabei blickte er ‚Hochmut' an, der betreten danebenstand. Lange Zeit blieb es still zwischen den drei Männern, dann wandte sich ‚Hochmut' langsam ‚Demut' zu und fragte leise: „Darf ich bei dir Knecht sein? Lehrst du mich, achtsam mit der Natur umzugehen? Kannst du mich in die Geheimnisse einweihen, die du dir erworben hast und die nicht nur dir, sondern dem Ganzen dienen?"

‚Demut' überlegte nicht lange: „Bruder, als Knecht kannst du mir nicht dienen. Doch wenn du bereit bist, mir als gleichgesinnter Freund zur Seite zu stehen, so nehme ich dein Angebot dankbar an."

Fragend blickten beide auf den Gutsbesitzer. Als er nickte, verriet seine Miene die große Freude darüber, zwei so grundsätzlich verschiedenen Menschen die Möglichkeit geschenkt zu haben, gemeinsam Erfahrungen zu machen, Erkenntnisse zu gewinnen – und daran zu wachsen.

Wie Freunde, nein: wie Brüder verließen die beiden Jungbauern den Hof. Der Gutsbesitzer blickte ihnen zufrieden nach und freute sich, dass sein kluges Handeln ein weiteres Mal nur Gewinner hervorgebracht hatte …

## Bildnachweis

Fotos Buchumschlag: Renate Ransburg (www.orbs.at)
Fotos und Grafiken auf den Seiten 71, 76, 82, 85, 99, 100, 104, 106, 113, 126, 150 (Lied), 158, 174, 185, 186, 188: Ingrid Lipowsky
Foto auf Seite 7: Katrin Lipowsky-Mader
Fotos und Grafiken auf Seiten 15, 18, 25, 43, 49, 52, 58, 75, 92, 96, 103, 118, 119, 122, 130, 140, 143, 144, 147, 152, 159, 171, 176, 179, 180, 182, 184, 194, 195, 198, 199: Clipart Microsoft, http://insertmedia.office.microsoft.com
Yasper-Zeichen sowie Zeichnungen auf den Seiten 91 und 157: Ernst Schömer

**Weitere Bücher von Ingrid Lipowsky, diktiert von Yasper**
Bestelladresse: Ingrid Lipowsky, Aberthamer Straße 1,
D-89331 Burgau / Tel./Fax 0049/(0)8222 2464
Mail: info@engelundsteine.de / www.engelundsteine.de

**Die Geschichte Jakobus des Jüngeren (Erstes Buch)**
In diesem Buch schildert ein junger Schustergeselle seine Begegnung mit Jesus und wie er diesen Meister und seine Jünger erlebt. Jesus ist hier ein großer Heiler und Weisheitslehrer – und ein Mensch. Auch wenn die Quelle dieser Schilderungen vielen unbegreiflich bleiben mag, man spürt: Ja, so jemand könnte dieser Jesus gewesen sein.
Ingrid Lipowsky
**Die Geschichte Jakobus des Jüngeren**, Paperback, 232 Seiten
ISBN 978-3-89060-134-2
Ryvellus, bei NEUE ERDE Verlag GmbH, 66111 Saarbrücken

**Die Spirale der Liebe**
**Zweites Buch der Geschichte Jakobus' des Jüngeren**
In diesem Buch erfährt der Leser, wie es dem jungen Schustergesellen auf einer weiteren Etappe seines Lebensweges ergeht. Er versucht, die Lehre des Predigers und Heilers Jesus, neben dem er einige Wochen unterwegs sein durfte, in seinem Leben umzusetzen, und scheitert immer wieder.
Es ist nicht nur die Welt, die ihm Knüppel zwischen die Beine wirft, auch sein eigenes Ego steht ihm oft im Weg. Doch wie sagte Jesus zu ihm? „Der himmlische Vater stellt jedem Seiner Kinder einen Engel zur Seite." Und so lässt sich Jakobus immer mehr auf die Führung seines unsichtbaren Begleiters ein …
Ein Buch, das Mut macht, auf die eigene innere Stimme zu hören und darin immer mehr die geistige Führung zu erkennen, die uns hilft, den Weg nach Hause zu finden und zu gehen.
Ingrid Lipowsky
**Die Spirale der Liebe**, Paperback, 296 Seiten
ISBN 978-3-00-016519-1, Eigenverlag Ingrid Lipowsky

**„... der folge MIR nach!“**
**Drittes Buch der Geschichte Jakobus’ des Jüngeren**
Im dritten und letzten Buch der Geschichte Jakobus’ des Jüngeren erzählt der Schustergeselle von seinem weiteren Weg in der Nachfolge des HERRN. Durch schmerzvolle und freudvolle Erfahrungen gelingt es ihm schließlich, den Sinn des Lebens zu erkennen, den leidenden Erdenmenschen hinter sich zu lassen und das Erbe des Gottessohnes anzutreten.
„... der folge MIR nach!“ ist eine zutiefst bewegende Geschichte voller Weisheiten Jesu, die durch alle Zeiten hindurch nichts von ihrem Wahrheitsgehalt und ihrer Wichtigkeit für uns eingebüßt haben. Jakobus teilt mit dem Leser seine Erkenntnis, dass der Mensch nicht sterben muss, um Erleuchtung zu erlangen und um den in sich zu finden, der sagt: ‚Ich bin der ICH BIN.‘
Ingrid Lipowsky
**„... der folge MIR nach!“**, Paperback, 440 Seiten
ISBN 978-3-00-018891-6, Eigenverlag Ingrid Lipowsky

**Yaspers Schatzkästchen, 200 Karten mit Weisheits- und Liebessätzen des Jesus aus der Trilogie „Die Geschichte Jakobus’ des Jüngeren“**
„Keiner, den Jesus je berührt, wird danach noch derselbe sein. Hast du das nicht selbst erlebt?“ – Lass dich berühren, inspirieren und anleiten von den 200 Weisheits- und Liebesgedanken des Jesus, die der Trilogie „Die Geschichte Jakobus’ des Jüngeren“ entnommen sind. Jeder Einzelne ist wertvolle Hilfe auf deinem Weg zu dir selbst, zu dem, der du bist – und sie erfüllen das Versprechen, das Jesus uns allen gegeben hat: „Ich bin bei euch alle Tage bis ans Ende der Zeit. Ich bin bei euch *in* der Zeit, *durch* alle Zeit hindurch, bis alle Zeit endet und ihr die Ewigkeit mit dem himmlischen Vater und mir teilt.“
Mit diesem Kartenset wird dem Wunsch Vieler Rechnung getragen, die sich die Schlüsselsätze aus der Trilogie in handlicher Form und zur täglichen inspirierenden Nutzung gewünscht haben.

Ingrid Lipowsky
**Yaspers Schatzkästchen, 200 Karten mit Weisheits- und Liebessätzen**
Set im Karton, ISBN 978-3-00-032588-5, Verlag Ingrid Lipowsky

**Choreografie des Göttlichen Tanzes**
**Schritt für Schritt in das Neue Bewusstsein**
Leichtigkeit, Fröhlichkeit, Dankbarkeit, Zärtlichkeit, Heil- und Ganz-Sein und Vertrauen: Sechs Tanzschritte machen den Tanz auf dem göttlichen Parkett aus, den der Gabrielengel Yasper seinen Menschengeschwistern lehrt.
„Glaubst du, ich überbringe dir ein Marschlied, das dich auffordert, einem Anführer, der dir das Heil verspricht, hinterherzumarschieren? Nein, in einen Walzertakt ist die Göttliche Choreografie eingebettet, denn du darfst in die Neue Zeit hineintanzen."
Doch was hindert uns daran, im göttlichen Dreivierteltakt zu schwingen? Über sein Medium Ingrid Lipowsky weist uns Yasper im ersten Teil des Buches auf die schweren Fußfesseln unseres alten, begrenzenden Denkens und Handelns hin. Haben wir uns von ihnen befreit, steht der Schönheit und Vollkommenheit der Göttlichen Choreografie nichts mehr im Wege.
Ingrid Lipowsky
**Choreografie des Göttlichen Tanzes, Schritt für Schritt in das Neue Bewusstsein**
Paperback, 110 Seiten
ISBN 978-3-00-037986-4, Eigenverlag Ingrid Lipowsky

**Einfach Göttlich SEIN – Hier und Jetzt**
Auf der einen Seite: Ein bedingungslos liebender Vater, der für jeden seiner 12 Söhne einen ganz bestimmten Auftrag, ganz bestimmte Herausforderungen bereithält. Der in seiner Liebe keinen überfordert und einem jeden Raum zum Wachsen schenkt.
Auf der anderen Seite: Die Söhne, die trotz der väterlichen Liebe und Fürsorge beginnen, an ihrem Selbstwert und an der Güte des Vaters zu zweifeln. Sie machen sich auf, um herauszufinden, wer sie sind.

Denn nur in der größtmöglichen Ferne vom Vater wird ihnen bewusst, wie wahr und existenziell seine Aussage ist:
**„Du bist mein geliebtes Kind, an dir habe ich meine Freude.“**
Es ist die Geschichte des Menschseins, die Jesus hier seinen Jüngern erzählt, die Geschichte von ganz unterschiedlich langen und steinigen Wegen hin zur Gewissheit, dass ein jeder von uns nicht Kind Gottes, nicht göttlich, werden kann, sondern es von Anbeginn an ist.
Ingrid Lipowsky
**Einfach Göttlich SEIN – Hier und Jetzt**
Paperback, 123 Seiten
ISBN 978-3-00-042981-1, Eigenverlag Ingrid Lipowsky

**Der Weg der Seelen zu dem, der ICH BIN**
„Wenn du in mich die Erwartung legst, dieses Buch könnte dir endgültig alle Fragen beantworten, so enttäusche ich dich: Solange du Antworten suchst, wird dir dein Verstand auch Fragen vorlegen. Nein, du bist so weit vorbereitet, dass ich einen anderen Auftrag habe: Ich begleite dich in einen Raum, in dem es keine Fragen mehr gibt, in den Raum, in dem du für dich erkennst: ‚ICH selbst BIN die Antwort! Jeder einzelne Augenblick meines Lebens ist die Antwort auf die Liebe Gottes zu dem, der ICH BIN.‘“
Der Gabrielengel Yasper nimmt dich in diesem Buch auf eine Reise durch alle Bewusstseinsstufen mit, die eine Seele in der Materie durchläuft: Macht und Ohnmacht, Recht und Unrecht, Freud‘ und Leid, Wahrheitssuche und Wahrheitsfindung – bis sich schließlich die Türe zur Selbstlosigkeit öffnet, die zur Erkenntnis führt, wer „ICH BIN“.
Ein weiteres Mal hat sich Yasper seines irdischen Bleistiftes Ingrid Lipowsky bedient, um den Auftrag zu erfüllen, seine menschlichen Geschwister an ihre Göttlichkeit zu erinnern und ihnen auf dem Weg nach Hause verständnisvoller Wegbegleiter zu sein.
**Der Weg der Seelen zu dem, der ICH BIN**
Paperback, 127 Seiten
ISBN 978-3-00-046523-9, Eigenverlag Ingrid Lipowsky

**Ich bin geliebt, so wie ich bin.**
**Eine himmlische Liebeserklärung für Gotteskinder**
Gerade jetzt, in diesem Augenblick, erschafft die unendliche, bedingungslose Liebe aus sich selbst heraus die kleine, neugierige Seele, von der dieses Buch erzählt. Unverzüglich stellt sie ihre erste Frage: „Wo bin ich?" Viele weitere Fragen folgen: „Wer bist du? Warum bin ich da? Wer bin ich?"
Mit einfachen und gerade dadurch göttlichen Worten gibt die Liebe ihrem kleinen, Mensch werdenden Selbst Antwort. Ganz nebenbei entsteht durch den Dialog das „Goldene Lebensbuch", in dem alle Erlebnisse, Erfahrungen und Erkenntnisse so niedergeschrieben sind, wie die Seele sie auf Erden durchlebt.
Ein weiteres Mal erfüllt der Gabrielengel Yasper den Auftrag, seine menschlichen Geschwister an ihren göttlichen Ursprung und an den Sinn des Lebens in der Materie zu erinnern.
Ein Buch, das zur rechten Zeit in deine geöffneten Hände und dein dazu bereites Herz gelegt wird. Es ermutigt dich dazu, die bisher erlebten Kapitel deines eigenen Lebensbuches noch einmal bewusst zu ‚lesen',
**Ich bin geliebt, so wie ich bin.**
Paperback, 88 Seiten
ISBN 978-3-00-049851-0, Eigenverlag Ingrid Lipowsky

**Ein Engel erzählt**
**Geschichten aus dem Garten Eden**
Welchen Sinn hat es für uns Menschen, Schmerzen zu erleiden? Wie wichtig ist es für ein erfülltes Leben, Annehmen und Loslassen zu lernen? Warum bewerten und verurteilen wir allzu vorschnell – und werden dabei selbst immer unzufriedener und unglücklicher? Müssen wir ein Ziel haben, das in ferner Zukunft liegt? Oder ist unser Weg das Ziel? Ist wirklich alles gut, was geschieht?
So lassen sich einige der Themen auf den Punkt bringen, die in diesem Buch auf eine gleichermaßen einfühlsame wie leicht verständliche Weise behandelt sind. Wieder einmal hat sich Ingrid Lipowsky den Weisheiten des Gabrielengels Yasper geöffnet und sich als sein

‚irdischer Bleistift' zur Verfügung gestellt. Seine „Geschichten aus dem Garten Eden" geben Antworten auf die Fragen, die uns auf dem Weg zu unserem wahren Selbst immer wieder beschäftigen.
Ein überaus empfehlenswertes Buch für alle Fragenden, Suchenden, Übenden – und sich als Kinder Gottes erkennenden und bekennenden Menschen.

Ingrid Lipowsky
**Ein Engel erzählt – Geschichten aus dem Garten Eden**
Paperback, 208 Seiten
ISBN 978-3-00-024953-2, Eigenverlag Ingrid Lipowsky

**Rückkehr in den Garten Eden**
**Wegweisende Geschichten und Meditationen**

Wir nennen uns ‚Kinder Gottes'. Doch fühlen wir uns auch als Seine Tochter, als Sein Sohn? Ist nicht vielmehr die Saat der Minderwertigkeit aufgegangen, die von machthungrigen Menschen seit Jahrtausenden gelegt wird? Verwundert es da noch, dass wir unter Angst und Schuld leiden, aus denen Unzufriedenheit und Krankheit erwachsen?
Der Gabrielengel Yasper erinnert seit vielen Jahren über seinen menschlichen Bleistift Ingrid Lipowsky an unsere göttliche Abstammung und ermuntert uns, endlich unser Erbe anzunehmen.
Die in diesem Buch erstmals veröffentlichten Geschichten und Meditationen weisen einen gangbaren inneren Weg der Liebe und des Vertrauens, der in unsere geistige Heimat zurückführt.

Ingrid Lipowsky
**Rückkehr in den Garten Eden**
**Wegweisende Geschichten und Meditationen**
Paperback, 262 Seiten
ISBN 978-3-00-030195-7, Eigenverlag Ingrid Lipowsky

**Engel reisen immer ohne Gepäck**
**Eine mystische Irland-Reise**

Da taucht im Geist der Autorin plötzlich ein Name auf, der sie tief berührt und nicht mehr loslässt. Als sie ihre Engel nach der Bedeutung fragt, verlangen diese, dass sie geduldig sein möge … und dann geht mit einem Mal alles ganz schnell: Unversehens reist sie nach Irland und damit in ein früheres Leben …

„Engel reisen immer ohne Gepäck“ erzählt mit viel Humor eine spannende, wahre Geschichte.

Ingrid Lipowsky

**Engel reisen immer ohne Gepäck**

Eine mystische Irland-Reise

Paperback, 224 Seiten, ISBN 978-3-89060-068-0,

Ryvellus, bei NEUE ERDE Verlag GmbH, 66111 Saarbrücken

**Verrückt? Beglückt!!!**

**Gebrauchsanleitung für ein glückliches Altsein**

Was kann in einundzwanzig Tagen schon in einem Altenheim passieren? –

Ilse hat mit ihrem Leben abgeschlossen und wünscht sich nichts sehnlicher als den Tod – da tritt als neue Bettnachbarin Anni in ihr Leben. Der gelingt es, mit Charme und Lebensweisheit frischen Wind in das Haus und die Köpfe ihrer Mitmenschen zu bringen.

Wie die Bewohner, Besucher und das Personal des Altenheims kann sich auch der Leser der Erkenntnis nicht entziehen, dass erst eine gehörige Portion Verrücktheit das Leben lebenswert macht.

„*Es ist notwendig, bereits in jungen Jahren das Altsein zu üben*“, sagt Anni – und so ist dieses Buch als Gebrauchsanleitung zum glücklichen Altsein zu verstehen und wird allen Menschen ans Herz gelegt, die sich auf dem Weg dorthin befinden.

Und – mal ehrlich: Tun wir das nicht alle?

Ingrid Lipowsky

**Verrückt? Beglückt!!!** Gebrauchsanleitung für ein glückliches Altsein

Paperback, 214 Seiten

ISBN 978-3-00-021619-0, Eigenverlag Ingrid Lipowsky

Ein ganz besonderes Geschenk des Himmels:

**CD „Yasper – Ausgewählte Geschichten aus dem Garten Eden mit Liedern und Mantras“**
Gelesen von Ingrid Lipowsky

Eine ganz besondere Möglichkeit, sich von Yaspers Geschichten aus verschiedenen Büchern berühren zu lassen, bietet diese CD. Damit wird der Wunsch Vieler erfüllt, sich ganz dem Hörgenuss hingeben zu können.
Wie auch in den Büchern ist der Geist Yaspers deutlich spürbar, nicht nur bei den Worten, ganz besonders auch bei den kraftvollen und heilsamen Liedern und Mantras, die ebenfalls von ihm übermittelt wurden, und die aus dem Zuhörenden schnell einen Mitsingenden machen, der sich in die Neue Zeit hineinschwingt …
Ingrid Lipowsky

**CD „Yasper – Ausgewählte Geschichten aus dem Garten Eden mit Liedern und Mantras“**
Gelesen von Ingrid Lipowsky, Spieldauer: 74:45 Minuten